FANTASY

FANTASY

TROY DENNING

DIE GLADIATOREN VON TYR

UNTER DER DUNKLEN SONNE 1

Aus dem Amerikanischen
von Karin König

GOLDMANN VERLAG

Das Buch erschien im Original unter dem Titel
»Dark Sun™/The Verdant Passage, Prism Pentad,
Book One, Chapters 1-9«
bei TSR, Inc., Lake Geneva, WI, USA

Deutsche Erstveröffentlichung

Umwelthinweis:
Alle bedruckten Materialien
dieses Taschenbuches sind umweltfreundlich.
Sie sind chlorfrei und enthalten
Anteile von Recycling-Papier.

Der Goldmann Verlag
ist ein Unternehmen der Verlagsgruppe Bertelsmann

Made in Germany · 1. Auflage · 8/93

Published in the Federal Republic of Germany
by Wilhelm Goldmann Verlag, München
Umschlaggestaltung: Design Team München
Umschlagillustration: Schlück/Brom, Garbsen
Satz: IBV Satz- und Datentechnik GmbH, Berlin
Druck: Elsnerdruck, Berlin
Verlagsnummer: 24573
SN · Redaktion: Antje Hohenstein
Herstellung: Peter Papenbrok
ISBN 3-442-24573-7

Für Andria,
für ihre Hilfe und
Ermutigung.

Region › Tal von Tyr ‹
0 KM 25
Waldgürtel
Klingende Berge
Ländereien der Asticles
Ländereien der Mericles
Tyr
Tal von Tyr
Eisen-Mine

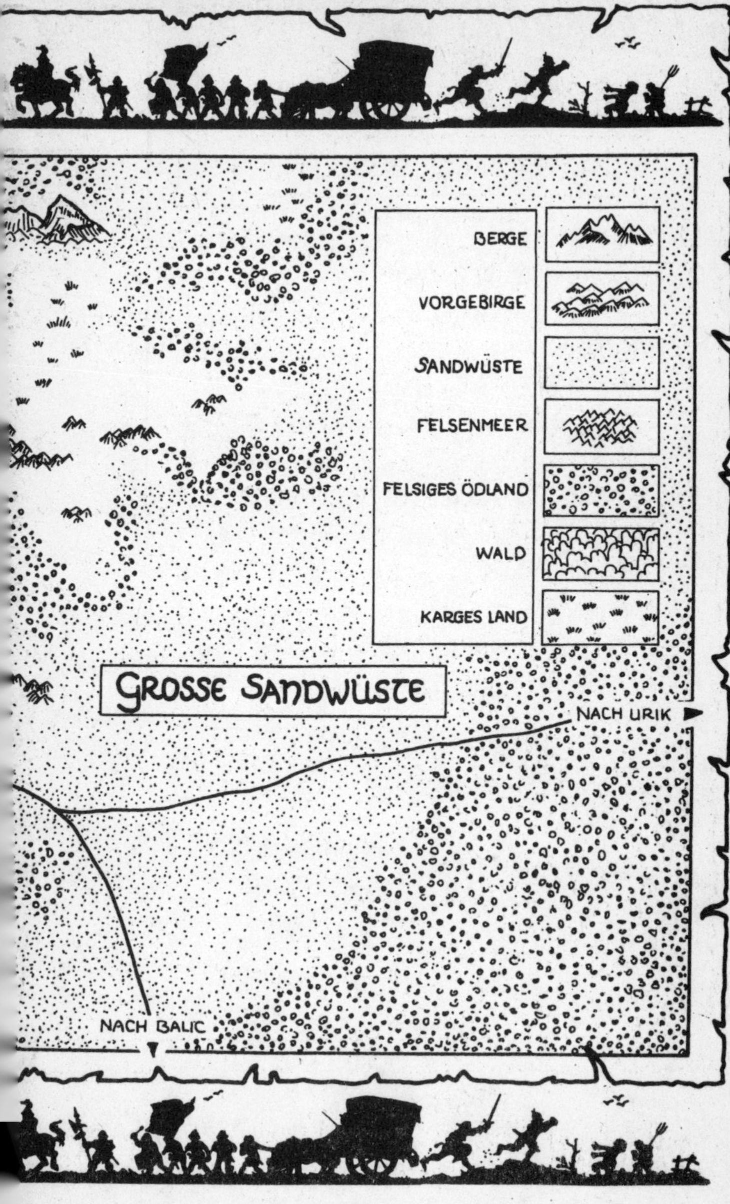

BERGE
VORGEBIRGE
SANDWÜSTE
FELSENMEER
FELSIGES ÖDLAND
WALD
KARGES LAND
GROSSE SANDWÜSTE
NACH URIK
NACH BALIC

Danksagung

Viele Menschen haben zu der Entstehung dieses Buches und der Erschaffung dieser Reihe beigetragen. Ich möchte ihnen allen danken. Ohne die Bemühungen insbesondere folgender Menschen hätte Athas vielleicht niemals das Licht der karmesinroten Sonne erblickt: Mary Kirchoff und Tim Brown, die diese Welt wie all die anderen gestalteten; Brom, der uns den Blick und das Gefühl gab; Jim Lowder, der kam, wenn er gebraucht wurde; Pat McGilligan mit dem dringend benötigten, dramatischen Gespür; und Jim Ward, der seinen Enthusiasmus, seine Unterstützung und vieles mehr einbrachte.

Prolog

Die große Zikkurat ragte über das Elend der sonnenverbrannten Stadt hinaus. Jede Terrasse der Pyramide war mit glasierten Steinen in einer anderen Farbe vollendet worden: strahlendes Violett am Fuß, dann Indigo, Azurblau, Grün, Gelb, feuriges Orange und schließlich Scharlachrot. Im Zentrum des riesigen Gebäudes erhoben sich zwei mächtige Wehrtürme über alle sieben Ebenen. Sie flankierten eine gewaltige Treppe, die bis zur Spitze des Bauwerks führte und zu den fahlgelben Monden aufragte, die über dem First schwebten und den dunstigen Himmel mit hereinbrechender Dämmerung mit einem bernsteinfarbenen Hauch überzogen.

Tausende von Sklaven waren über die Pyramide verteilt. Nur mit einem Lendenschurz bekleidet, plagten sie sich im Rhythmus knallender Peitschen ab und hievten mit Hilfe einer Konstruktion von Seilen und Flaschenzügen Weidenkörbe mit gebrannten Ziegelsteinen auf die verschiedenen Ebenen hoch.

Am Fuß der Zikkurat stand ein kleiner Mann in einem langen, purpurfarbenen Gewand. Auf seinem Kopf trug er ein goldenes Diadem, die Krone des Königs von Tyr. Ein dünner Kranz grauer Haare umrahmte unter dem Diadem einen kahlen und vom Alter schuppigen Schädel. Ärger und Haß hatten in seinem Gesicht tiefe Spuren hinterlassen, tausend Jahre Bitterkeit brannten in seinem Blick, und ein finsterer Ausdruck lag um seine trockenen, aufgesprungenen Lippen. Bleiche, faltige Haut hing von seinen Wangen und vom Kiefer herab, als habe der Mann hundert Jahre lang gefastet. Den Gerüchten zufolge hatte er das auch.

Neben dem uralten Regenten stand ein Mann in der schwarzen Soutane aller Tempelritter des Königs. Sein kastanienbraunes Haar hing in einem Zopf auf seinen Rükken hinab. Seine Gesichtszüge waren hager und wurden von einer habichtartigen Nase und kleinen, runden und glänzenden Augen von rotbrauner Farbe geprägt. Sein schmallippiger Mund verriet Mißfallen und Besorgnis. Mit fünfeinhalb Fuß Größe ragte er so sehr über den greisen König hinaus, wie Elfen das gegenüber Menschen nun einmal tun. Diese Tatsache machte ihn nervös. Tithian von Mericles, Hochtempler der Spiele und einziger Erbe des Namens der Mericles, hatte nichts dagegen, über Ebenbürtige hinauszuragen. Aber er war zu klug, um Geschmack daran zu finden, sich über den König zu erheben.

Als er bemerkte, daß er einen schwachen Schatten auf seinen Regenten warf, trat Tithian vor, um die violetten Ziegelsteine der untersten Ebene der Zikkurat zu untersuchen. Sie waren mit Alabasterkacheln verziert. Steinmetze hatten jede Kachel mit einem Drachen geschmückt, dargestellt als unterwürfiges Wesen, das auf einem Paar massiver Beine aufrecht ging und einen gewaltigen, gewundenen Schwanz hinter sich herzog. Rücken und Schwanz des Drachen waren von einem deutlich erkennbaren, rauhen Chitinpanzer bedeckt. Seine Arme waren zwei Stümpfe, aber seine Hände waren wie die eines Menschen geformt, und jede hielt einen Stock, damit er seinen Oberkörper abstützen konnte. Ein Schutzring aus blattähnlich geformten Schuppen bedeckte die Schultern. Aus diesem Ring erhob sich ein langer, mächtiger Hals, der in einem ohrlosen, flachen Kopf mit engen, schlitzförmigen Augen und einem riesigen Maul mit gezackten Zähnen endete.

»Diese Arbeit ist ausgezeichnet, König Kalak«, bemerkte Tithian, ohne seine Augen von den weißen Kacheln abzuwenden. »Die Details sind erstaunlich gut herausgearbeitet.«

Kalak reckte sich empor und legte seine Hand auf Tithians Schulter. Mit ihren verkrümmten Fingern und den geschwollenen Gelenken sah sie wenig menschlich, sondern eher wie eine Klaue aus.

»Habe ich Euch hergebracht, damit Ihr Kunst begutachtet?« Ohne eine Antwort abzuwarten, führte der König Tithian zu einem Weidenkorb mit Ziegelsteinen, der zu einer höhergelegenen Ebene der Zikkurat hinaufgezogen werden sollte.

Tithian zog eine Grimasse. Dies war das erste Mal, daß er den König außerhalb des Goldenen Turms gesehen hatte, und er hatte keine Ahnung, warum er zu einer so unzivilisierten Stunde zu ihm gerufen worden war. Aus Kalaks strengem Tonfall schloß der Hochtempler, daß das Treffen wenig erfreulich verlaufen würde.

Als sie den bereits abhebenden Weidenkorb erreichten, ergriff Kalak das Seil, das an dessen Seite herabhing. Die Füße des Königs hoben sich vom Boden ab, und er begann aufwärts zu schweben. Tithian unterdrückte einen Schrei, als sich Kalaks klauenartige Finger in seine Schulter gruben. Einen Augenblick später verlor auch er den Boden unter den Füßen, glitt im Griff des Königs hinauf und schaute auf die Köpfe der Sklaven hinab, die am Fuß der Zikkurat weitere Weidenkörbe beluden.

Die Sklaven waren erstaunt über den Anblick der beiden Männer, die sich da in die Luft erhoben, und sie hielten inne, um die beiden anzustarren. Ihre Aufseher, untergeordnete Templer, die mit schwarzen Soutanen, die Tithians Gewand ähnelten, bekleidet waren, trieben sie mit einigen

Schlägen mit ihren Knochen-Leder-Peitschen wieder an die Arbeit.

Als Kalak und Tithian die Höhe der ersten Ebene erreichten, sahen sie sich vierhundert Pfund Fell und Muskeln gegenüber. Der ungeschlachte Baazrag hielt in seiner Aufgabe, die Ziegelsteine heraufzuziehen, inne. Seine schrägen Brauen zusammenziehend, fixierte er die Männer und reckte dann verwirrt seinen Kopf mit dem hohen Kamm. Als der Blick des Wesens auf den leeren Raum unter den Füßen des Königs fiel, blähten sich seine tiefliegenden Nüstern erregt, und sein Maul öffnete sich, wobei vier scharfe, gelbe Eckzähne entblößt wurden. Der Baazrag trat zurück und hob abwehrend die Arme. Dabei entglitt das Seil seinen Händen.

Der König erreichte mit einem Schritt die Terrasse und konnte gerade noch das Seil loslassen und vermeiden, mit dem Weidenkorb auf den Erdboden zu stürzen. Die Ziegelsteine krachten auf einen Sklaven und zerschmetterten ihn. Aber auch die gesamte Ladung wurde durch den Sturz zertrümmert. Kalak stand am Rande der Ebene, betrachtete stirnrunzelnd den Schutt und preßte Tithians Schlüsselbein so fest, daß der Templer glaubte, er müsse es jeden Moment brechen hören.

Als der König schließlich den Blick hob, glühten seine Augen vor Zorn. Er entdeckte einen Mann in der schwarzen Soutane eines Templers und fuhr ihn an: »Ihr!«

Der Aufseher wandte sich um und erblaßte, als er sah, wer ihn angesprochen hatte. »Ja, Mächtiger?«

»Dieser Sklave hat gerade eine volle Ladung meiner Ziegelsteine fallen lassen!« bellte Kalak und deutete auf den unglücklichen Baazrag, den sein Erscheinen so verwirrt hatte. »Peitscht ihn aus!«

Der Aufseher zuckte zusammen, denn derselbe Mangel an Intelligenz, der die Baazrags zu guten Sklaven machte, konnte sie auch mörderisch wüten lassen, wenn sie geschlagen wurden. Dennoch entrollte der Mann seine Peitsche, denn es bedeutete den sofortigen und quälenden Tod, dem König zu trotzen.

Bevor Tithian sehen konnte, was aus der Bestrafung des Baazrag wurde, befahl Kalak einem anderen seiner Priester, ihm ein Seil zuzuwerfen. Zwei Sklaven führten den König und Tithian schnell auf einen anderen Weidenkorb mit Ziegelsteinen zu, der zur nächsten Ebene hochgezogen werden sollte. Seine Hand noch immer in Tithians Schulter gekrallt, ergriff der König das Seil, das an dem Weidenkorb befestigt war, und die beiden begannen erneut aufzusteigen. Sie wiederholten diese Prozedur mehrere Male und erstiegen die Zikkurat so Ebene für Ebene. Jedesmal riefen die Aufseher Warnungen zu ihren Kameraden über ihnen hinauf, damit die Sklaven nicht vor Überraschung weitere Ziegelsteine verloren. Die meisten Sklaven waren Menschen, zwergenhaft oder halb elfisch, aber auf einigen Ebenen überwogen auch andere, fremdländische Rassen. Auf einer Ebene arbeiteten sehr viele Belgoi, hagere Munanoide, die fast identisch waren mit Menschen… bis auf ihre großzügig mit Schwimmhäuten versehenen Füße, ihre klauenartigen Finger und ihre kinnlosen, zahnlosen Münder, mit denen sie schwatzten.

Auf einer anderen Ebene arbeiteten einhundert Giths, eine groteske, humanoide Rasse, die halb elfisch, halb reptilienähnlich war. Sie waren lang und dünn wie Wüstenelfen und hatten lange, schlanke Beine. Ihre Beine ragten jedoch in rechtem Winkel aus den Körpern heraus wie die einer Eidechse. Die Giths waren um die Taille so gekrümmt, daß sie ständig in der Hocke einherzuwatscheln schienen. Ihre knochigen Köpfe waren schmal und keilförmig, und sie hatten hervorstehende, lidlose Augen, die Kalak und

Tithian unverwandt fixierten, als die beiden Männer vorüberschwebten. Als Kalak und sein Templer die sechste Ebene der Zikkurat erreicht hatten, betrat der König die Terrasse und ließ Tithians schmerzende Schulter los. Sie konnten nicht weiter an der Fassade der Mauer aufsteigen, weil die siebte und letzte Stufe der großen Pyramide noch von Holzgerüsten umgeben war. Über diese Gerüste schwärmten Dutzende von Jozhals, kleine, zweibeinige Reptilien mit mageren Schwänzen, langen, biegsamen Hälsen und spitz zulaufenden Rachen mit nadelartigen Zähnen. Mit ihren kleinen, dreifingrigen Händen verkleideten die Jozhals die siebte Ebene mit scharlachrot glasierten Steinen. Sie arbeiteten in einem erstaunlichen Tempo und rannten die wackeligen Gerüste auf und ab, als liefen sie auf ebenem Boden.

Kalak trat an das Gerüst heran und deutete mit seinem verkrümmten Finger auf die halbfertige Ebene über ihnen. »Wird meine Zikkurat in drei Wochen fertig sein?«

Tithian spähte pflichtgemäß nach oben, als wolle er den Fortschritt der Arbeit taxieren, aber er war kaum der Mann, den man danach hätte fragen sollen. Wie die meisten Leute wußte auch er nicht, warum der König diese Zikkurat eigentlich bauen ließ. Kalak hatte ihren Zweck nicht erklärt, und jene, die zu oft danach gefragt hatten, waren längst tot. Tatsächlich verstand Tithian noch weniger vom Bauen als vom Zweck der Zikkurat. Sciner Meinung nach würde die letzte Ebene durchaus in drei Tagen fertig sein.

Obwohl er durch die Frage des Königs verwirrt war, hatte Tithian nicht die Absicht, seine Antwort durch seinen Mangel an Sachkenntnis beeinflussen zu lassen. Bei seiner Antwort würde er zweierlei im Auge haben: eine Antwort zu geben, wie der König sie seiner Meinung nach hören wollte, und vor allem eine, die ihm selbst am meisten nützen würde.

Tithian ging davon aus, daß er aus einer negativen Antwort am meisten Gewinn schlagen könnte. Der Hochtempler der Werkstätten des Königs, eine Frau namens Dorjan, war seine stärkste Rivalin. Kalak war offenbar wütend auf sie, so daß Tithian eine Gelegenheit witterte, noch mehr zu ihren Schwierigkeiten beitragen zu können.

»Nun?«

Der Templer wandte sich dem König zu und wurde fast von Ehrfurcht überwältigt. Er hatte nicht bemerkt, wie weit sie aufgestiegen waren, und von den luftigen Höhen der Zikkurat aus konnte er nur staunen, was er alles sah.

Am Fuße der mächtigen Pyramide lag der sandige Grund der Kampfarena. Sie sah von dieser Höhe nicht größer aus als der Hof eines kleineren Stadtsitzes eines Adligen, und die langen Sitzreihen, die das Rund flankierten, schienen nicht höher zu sein als die terrassenförmig angelegten Mauern eines Gartens. Sogar der Goldene Turm von Kalaks Palast, der das entgegengesetzte Ende der Arena überragte, schien von Tithians Standort aus nur eine unbedeutende Spitze zu haben.

Hinter dem königlichen Palast lag sein eigener Stadtteil. In diesem Teil der Stadt standen die Marmorpaläste der sechs Hochtempler, die vornehmen Wohnsitze der Arbeiter in Vertrauensstellungen und die verschwenderischen Häuser der untergeordneten Priester. Hunderte von Wachen patrouillierten Tag und Nacht in den Straßen dieses Bezirks, und eine hohe Mauer, die mit gezackten Scherben aus Obsidian gespickt war, schirmte ihn gegen das übrige Tyr ab. Am anderen Ende des Bezirks befanden sich die Befestigungsanlagen, eine gemauerte Barrikade, die so breit war, daß eine Heerstraße darauf entlangführte, und so hoch, daß sogar der Drache nicht darüber hinwegspähen konnte.

Von der Zikkurat aus konnte Tithian sogar über diese

Mauer hinaussehen. Dort lagen Kalaks Felder, ein Dreimeilenring blauen Stachelgrases, goldenen Gelbholzsumachs und niedriger Stechpalmen, der nur durch das Blut und den Schweiß einer Legion Sklaven fruchtbar gehalten werden konnte. An dieses üppige Weideland grenzte in der Ferne die orangefarbene Weite des Tals von Tyr, eine weite Ebene staubigen Ödlandes, die hier und da von graugrünen Dickichten buschiger Tamarisken und spindeldürrer Katzenkrallenbäume unterbrochen wurde.

Durch den Schleier aus Staub, der in der Luft hing und den athasischen Himmel ständig in einem Kaleidoskop pastellfarbener Schattierungen flimmern ließ, konnte Tithian sogar die aschefarbenen, schroffen Felsen der Klingenden Berge sehen. Er hatte gehört, daß auf der anderen Seite dieser unpassierbaren Gipfel ein Dschungel gedieh, aber er glaubte solche absurden Geschichten nicht. Nach allem, was er wußte, ähnelte ganz Athas dem Ödland des Tales von Tyr, wobei einige Gebiete vielleicht noch trostloser waren.

Kalak unterbrach Tithians Tagträumerei mit einer barschen Frage: »Tithian, was ist nun mit meiner Zikkurat? Wird Dorjan sie rechtzeitig fertigstellen?«

»Das ist wahrscheinlich schwierig, aber nicht unmöglich«, antwortete Tithian und vermied geschickt einen offenen Angriff auf seine Rivalin. »Ich fürchte, daß noch vieles an ihrer Vollendung fehlt, aber vielleicht hat Dorjan ja einen zuverlässigen Plan.«

Der König antwortete nicht. Statt dessen wanderte sein Blick zu einer jungen Templerin hinüber, die sich von Norden her näherte. Es war Dorjan. Sie war eine wunderschöne Frau mit elfenbeinfarbenem Teint, einer geraden Nase und hohen Wangenknochen. Dennoch wirkte sie nicht anziehend, denn sie war hart und grausam, und das spiegelte sich auch in ihren Zügen wider. Die Hochtemplerin bewegte sich mit entschlossenen Schritten, wobei ihr langes, seidiges Haar im Wind wehte wie ein schwarzes Banner. Als sie Tithian sah, wurden ihre dunklen Augen so hart wie die Steine der Zikkurat, und die vollen roten Lippen ihres breiten Mundes verzogen sich in selbstsicherem Hohn.

Dorjan wurde von zwei Untergebenen begleitet, beides stämmige Männer mit harten Gesichtern und eckigen Kiefern, die zwischen sich einen ausgemergelten Sklaven mit dunklen Haaren und bleicher Haut vorwärtszerrten. Der Sklave barg zwei gebrochene Arme an seinem Bauch. Sein eines Auge war zugeschwollen, und mit dem anderen schaute er zu Boden. Der Mann keuchte mühsam durch blutige Lippen, denn seine Nase war mehrfach gebrochen.

»Wie steht es mit meinen Spielen, Tithian?« fragte Kalak beiläufig. Seine kleinen Augen fixierten den Sklaven.

»Wenn die Zikkurat heute vollendet würde, könnten wir die Spiele morgen abhalten«, erwiderte Tithian stolz. »Meine Wärter für die Bestien haben ein neues Wesen eingefangen, das Euch in Erstaunen versetzen wird.«

Der König hob eine Augenbraue. »Tatsächlich? Das wäre allerdings erstaunlich.«

Tithian verfluchte stumm sich selbst. Während seiner tausendjährigen Regierungszeit hatte Kalak zweifellos mehr fremdländische Wesen gesehen, als sich der Hochtempler auch nur vorstellen konnte. Es war dumm, die Erwartungen des Königs mit unbescheidener Aufschneiderei zu wecken.

Bevor Tithian seinen Schnitzer überspielen konnte, trat Dorjan zu ihnen. Ihren Rivalen bewußt ignorierend, sah sie Kalak an und verbeugte sich. Als der uralte König seine verwelkte Hand ausstreckte, berührte die Templerin mit ihren Lippen die vertrocknete Handfläche.

»Ist das derjenige?« fragte Kalak, während er seine Hand zurückzog und auf den Sklaven deutete.

Dorjan nickte, griff dann in ihre Tasche und entnahm ihr ein mit Runen überzogenes Knochenamulett. »Er hat versucht, dies im inneren Gang einzumauern«, sagte sie und hielt es dem König entgegen. »Die Runen sind dazu gedacht...«

»...eine unsichtbare Mauer zu errichten«, knurrte Kalak und riß ihr das Amulett aus der Hand. Er stieß dem zerschundenen Sklaven den Knochen unter die Nase. »Was wolltest du mit diesem Amulett denn erreichen?«

Der Sklave zuckte die Achseln. »Ich weiß es nicht«, murmelte er mit schwacher Stimme. »Sie hat mir befohlen, es im Hauptschacht einzumauern.«

»Wer hat es dir befohlen?« fragte Dorjan und lächelte süßlich in Tithians Richtung.

Noch bevor der Sklave antwortete, fiel Tithian auf, daß der König mit zusammengekniffenen Augen sein Gesicht musterte.

»Ich kenne ihren Namen nicht«, murmelte der Sklave, ohne aufzuschauen. »Eine Halbelfin, die dem Hochtempler der Spiele gehört...«

»Sadira«, unterbrach Tithian und nannte den Namen der einzigen Halbelfin, die er besaß, bevor der Sklave fortfahren konnte. »Sie ist Küchenmagd in meiner eigenen Übungsgrube. Ich bin mir ihrer Verbindung mit der Verschleierten Allianz schon seit längerem bewußt.«

Dorjan sah Tithian stirnrunzelnd an. »Ich vermute, daß Ihr auch behaupten werdet, daß Ihr bereits wißt, daß sie die Spiele, die zur Feier der Fertigstellung der Zikkurat durchgeführt werden sollen, sprengen möchte.«

»Natürlich. Allerdings habe ich den genauen Plan der Allianz noch nicht herausgefunden«, erwiderte Tithian und verbarg seine Überraschung, indem er das Gerüstwerk der siebten Ebene musterte. »Glücklicherweise scheint es so, als hätte ich mehr als genug Zeit, meine Untersuchung zu vollenden.«

Ohne zu zeigen, ob er Tithian glaubte oder nicht, sah Kalak Dorjan an. »Es scheint, als habe Tithian noch mehrere Wochen Zeit, um den Plan meines Feindes aufzudecken. Stimmt das?«

Dorjan nickte widerwillig, ohne den König anzusehen. »So ist es.«

Kalak runzelte die Stirn. »Das dachte ich mir«, sagte er und ergriff den zerschundenen Sklaven unerwartet am Hinterkopf. »Laßt uns versuchen, Tithian bei seiner Untersuchung zu helfen.«

»Nein!« Der Sklave versuchte, sich dem Griff zu entziehen und sich von der Terrasse zu stürzen, aber der König hielt ihn fest. Kalak schloß die Augen, als der Mann schrie.

Mit lediglich beiläufigem Interesse beobachtete Tithian, wie der König in das Bewußtsein des Sklaven eindrang, denn er verstand besser als die meisten, was Kalak tat. Als er noch ein Junge gewesen war, hatten seine Eltern von ihm gefordert, eine Zeitlang die Psi-Kunst zu studieren, die jedem, der sie erlernen wollte, eine strenge Lebensführung der Selbstverleugnung und schmerzhafte Rituale zugunsten der Nutzbarmachung seiner spirituellen und mentalen Kräfte auferlegte. Unter der harten Schulung seines Meisters hatte Tithian gelernt, diese Energien dazu zu gebrauchen, in die Gedanken eines anderen einzudringen, Gegenstände allein mit seinem Geist zu bewegen und sich sogar ein gedankliches Bild von dem zu machen, was auf der anderen Seite einer dicken Mauer war. Aber der Weg des Unsichtbaren, wie sein Mentor diese Lehren genannt hatte, war ein Pfad, der schwer zu begehen war. Er hatte die Schule verlassen, sobald er alt genug war, seine eigenen Entscheidungen zu treffen, und hatte sich für das weitaus einfachere und einträglichere Leben eines Templers des Königs entschieden.

Ein schwaches Lächeln erschien auf Kalaks pergamentenen Lippen. Der Sklave gurgelte hilflos und begann zu schwatzen, wobei er sein zertrümmertes Gesicht in heftigem Schmerz und Entsetzen verzog. Dann preßte er die Kiefer fest zusammen. Seine abgetrennte Zungenspitze glitt zwischen seinen geschwollenen Lippen hervor.

Schließlich öffnete der König die Augen und nahm seine Hand vom Hals seines Opfers fort. Der blutige Mund des Sklaven öffnete sich zu einem lautlosen Schrei, und dann sackte der arme Kerl auf dem Ziegelsteinboden in sich zusammen.

Ohne den sterbenden Mann zu beachten, sah der König Dorjan an und hielt ihr das Amulett entgegen. »Es sind noch zwei weitere irgendwo in meiner Zikkurat.«

Dorjan öffnete überrascht den Mund. Sie schüttelte abwehrend den Kopf, ohne ein Wort hervorbringen zu können.

»Die Gedanken des Sklaven waren leicht zu lesen und in diesem Punkt sehr präzise«, sagte Kalak ruhig.

Die schlanke Templerin trat zwei Schritte zurück, und alle Farbe wich aus ihrem Gesicht. »Ich werde sie Euch bis zur Dämmerung bringen.«

Kalak schüttelte den Kopf. »Nicht Ihr.«

Dorjan schaute fort. Sie mied den Blick des Königs, doch dieser Versuch, sich zu retten, war vergeblich. »Mächtiger, gebt mir...«

Ihre Bitte blieb mitten im Satz stecken, als der König ihr Gesicht mit verengten Augen fixierte. Die Macht von Kalaks Drohung war so groß, daß sein Angriff auch in Tithians, vor allem aber in Dorjans Bewußtsein aufflammte. Tithian schrie fast auf, als das Bild des Drachen in seinem Kopf erschien. Sein gewaltiger Schwanz schwang aufgebracht hin und her, und eine Wolke gelben Gases wogte aus seinem scharfzahnigen Rachen. Seine Stacheln standen von seinem Körper ab wie Waffen. Am Ende eines Stachels knisterte eine rote Blitzkugel. Am Ende eines anderen leckte eine kleine grüne Flamme.

Gerade als Tithian befürchtete, der Zorn Kalaks werde versehentlich auch ihn vernichten, verblaßte das Bild des Drachen in seinem Geist. Dorjan schrie auf und begann, heftig ihren Kopf zu schütteln. Eine Woge erstaunten Murmelns eilte die Ebene entlang, als die Jozhals und ihre Aufseher innehielten, um die Ursache der gequälten Schreie zu ergründen.

Der Hochtempler beobachtete die Qualen seiner Rivalin mit seltsamer Faszination. Sicher, er war froh, sie loszuwerden, aber ihr plötzliches Hinscheiden war eine ernüchternde Erinnerung daran, welchen Preis die Hochtempler manchmal für ihre Machtpositionen zahlen mußten.

Dorjans Schreien wurde schnell zu einem schwachen Wimmern, und schließlich wurde sie plötzlich still. Ihre Augen brachen, obwohl Tithian sich einen Moment lang einbildete, er könne tief in ihnen rote Blitze knistern und aufflammen sehen. Gelber Rauch begann aus der Nase der Frau zu fließen, und eine grüne Flamme entwich züngelnd ihrem Mund. Tithian trat beiseite, um eine Verletzung zu vermeiden, als eine Kugel smaragdgrünen Feuers Dorjans Kopf einhüllte. Die Frau sank leblos in sich zusammen. Tithian beobachtete, wie ihr Kopf in beunruhigender Stille zu nichts als einem Häufchen Asche herunterbrannte, bis Kalak seine Aufmerksamkeit beanspruchte, indem er ihm das Knochenamulett reichte.

»Glückwunsch. Ihr seid mein neuer Hochtempler der Werkstätten des Königs«, sagte Kalak. »Stellt meine Zikkurat in drei Wochen fertig... und findet die beiden anderen Amulette.«

Der Gaj

Rikus glitt das Seil hinab und landete in der Kampfgrube. Er wollte den Morgenkampf beenden, bevor der Tag heiß wurde. Die karmesinrote Sonne war gerade aufgegangen und sandte Speerspitzen feuerfarbenen Lichts durch den olivfarbenen Dunst des Morgenhimmels. Der Sand der kleinen Arena war bereits warm, und der unangenehme Geruch von Blut und verwesenden Eingeweiden hing schwer in der Luft.

In der Mitte der Grube wartete das Tier, das er bekämpfen sollte, ein Wesen, das Tithians Jäger irgendwo im Wüstenödland gefangen hatten. Es war halb hinter der flachen Verschanzung verborgen, die es sich gegraben hatte. Nur sein schuppiger, rostorangefarbener Rückenschild von ungefähr sechs Fuß Durchmesser war über dem Sand zu sehen. Falls es Gliedmaßen hatte – Arme oder Beine oder Tentakel –, so hatte es sie entweder unter seinen Schild gezogen oder unter dem Sand verborgen, den es um seinen Körper herum aufgetürmt hatte.

Rikus sah, wie sich der Kopf des Wesens, eine schwammige, weiße Kugel, am diesseitigen Ende des Rückenschildes vom Sand hob. Facettenreiche Augen waren quer über deren Vorderseite in gleichen Abständen in einer Reihe angeordnet. Drei behaarte Fühler krönten die schwammige Kugel, und sie zeigten alle in Rikus' Richtung. Über dem Maul hingen sechs fingerähnliche Fortsätze, die von einem Paar Kiefer begrenzt wurden, die so lang waren wie der Arm eines Menschen.

Zwischen diesen Scheren hing der zerschundene Körper von Sizzkus, einem Nikaal. Er war der Wächter des Tieres gewesen, zumindest bis zum vorangegangenen Abend. Jetzt hing der Leichnam zwischen den schrecklichen Scheren des Wesens und war teilweise mit Blut und Sand bedeckt. Sizzkus' ausgeprägtes Kinn ruhte auf seiner schuppigen Brust. Unter seinem schwarzen Haarwust starrten ein Paar leere, lidlose Augen hervor. Seine Hände mit den drei Krallen lagen über den Zangen des Tieres, das seinen schimmernden, grünen Rückenschild zu einem Gewirr von Splittern zerschmettert hatte. Aufgrund der vielen Wunden an Sizzkus' Körper vermutete Rikus, daß er nicht ohne erbitterte Gegenwehr gestorben war. Rikus fand es sehr erstaunlich, daß der Nikaal überhaupt gezwungen gewesen war zu kämpfen, denn Sizzkus war mit neuen Wesen in der Grube immer sehr vorsichtig umgegangen. Vor gar nicht allzu langer Zeit hatte der Nikaal Rikus erklärt, daß sich Monster, genauso wie die sogenannten »Neuen Rassen«, in der Wüste ständig weiterentwickelten, aber äußerst schnell ausstarben, weil sie nicht stark genug waren, die anderen Wesen des Ödlandes zu bekämpfen. Diejenigen, die jedoch überlebten, seien die bösartigsten und gefährlichsten von allen, und der Wärter derartiger Bestien tue gut daran, äußerst vorsichtig zu sein.

Rikus schaute von dem zerfetzten Leichnam fort und entledigte sich seiner Fellkleidung, wodurch sein narbenbedeckter, athletischer, jetzt nur noch von einem Lendenschurz aus sandfarbenem Hanf bekleideter Körper sichtbar wurde. Langsam begann er sich zu strecken, denn er hatte, wenn auch nur widerwillig, einzusehen begonnen, daß seine Jugend hinter ihm lag und seine vom Kampf geschwächten Muskeln ziehen und schmerzen würden, solange sie kalt waren. Glücklicherweise konnte man seinem Körper den Verfall nicht ansehen. Er war sehr stolz darauf, daß sein kahler Schädel noch immer fest und glatt war, daß seine spitzen Ohren noch immer eng an seinem Kopf anlagen und daß seine schwarzen Augen noch immer klar und herausfordernd blickten. Seine Nase war noch immer vollkommen gerade und fest, und es gab nicht den leisesten Hinweis auf faltige Haut unter seinem kräftigen Kiefer. Unter seinem sehnigen Hals zeigte sich ein unbehaarter Körper aus knotigen Muskeln, mit einer festen Brust und kräftigen Oberschenkeln. Trotz der anfänglichen Steifheit, die er alten Wunden und schlecht verheilten Knochen zu verdanken hatte, konnte er sich noch immer mit der Anmut eines Seiltänzers bewegen, wenn er es wollte. Rikus hatte seine Jahrzehnte als Gladiator bemerkenswert gut überstanden, und dafür gab es Gründe. Er war ein Mul, ein hybrider Sklave, der speziell für den Kampf in der Arena gezüchtet worden war. Von seinem Vater, den er niemals gesehen hatte, hatte er die Kraft und Ausdauer der Zwerge, und seine Mutter, eine verhärmte Frau, die in den Sklavenhäusern des fernen Urik gestorben war, hatte ihm die Größe und Behendigkeit der Menschen mitgegeben. Die brutalen Lehrmeister, die ihn erzogen hatten, allesamt verhaßte Despoten und Mörder, hatten ihn in den unbarmherzigen Künsten des Tötens und des Überlebens unterwiesen. Aber für seine wertvollste Eigenschaft war Rikus selbst verantwortlich: für seine Entschlossenheit.

Als Kind hatte er geglaubt, daß alle Jungen zu Gladiatoren ausgebildet würden. Er hatte angenommen, daß sie sich nur ihren Weg durch die Ränge erkämpfen müßten und dann alle Lehrmeister und vielleicht sogar Adlige würden. Diese Illusion hatte er bis zu seinem zehnten Lebensjahr bewahrt, bis dann der Fürst, der ihn besaß, seinem schwächlichen Sohn die Übungsgruben gezeigt hatte. Als Rikus seinen eigenen, zerlumpten Lendenschurz mit den seidenen Gewändern des zarten Jungen verglichen hatte, hatte er zu verstehen begonnen, daß ihm seine Fähigkeiten, unabhängig davon, wie hart er trainieren oder wie geschickt er werden würde, niemals den privilegierten Status einbringen konnten, in den dieser Junge hineingeboren worden war. Wenn er erwachsen sein würde, wäre der zarte Junge sicher noch immer ein Adliger, aber er selbst vielleicht noch immer sein Sklave. An diesem Tage hatte er geschworen, als freier Mann zu sterben.

Dreißig Jahre verblieb er in der Sklaverei, und genauso viele Male entkam er dem Tod nur knapp, aber er blieb doch am Leben. Wäre er etwas anderes als ein Mul gewesen, dann wäre er jetzt tot oder frei gewesen, entweder als Strafe für seine wiederholten Fluchtversuche getötet oder mit Duldung in der Wüste verschwunden, weil es zu kostspielig geworden wäre, ihn zu jagen. Ein Mul war jedoch für beide Alternativen zu wertvoll. Weil er seine eigene Art nicht weitervererben konnte und weil die meisten Frauen während des Austragens oder des Gebärens solch großknochiger Babys starben, war ein Mul mehr wert als hundert normale Sklaven. Wenn er entkam, wurden keine Kosten gescheut, ihn zurückzubekommen.

Rikus' Status würde sich jetzt jedoch bald ändern. In drei Wochen würde er bei den Spielen zu Ehren der Zikkurat kämpfen. Der König selbst hatte verfügt, daß die Sieger der Wettbewerbe dieses Tages die Freiheit erlangen sollten, und Rikus hatte die Absicht, dazuzugehören.

Als der Mul seine Streckübungen beendet hatte, betrachtete er erneut Sizzkus' leblosen Körper und fragte sich, wie solch ein erfahrener Aufseher Opfer eines, wie es schien, ziemlich langsamen und unbeholfenen Tieres hatte werden können.

»Konnte ihn niemand retten?« fragte Rikus.

»Niemand hat es versucht«, antwortete Boaz, der derzeitige Lehrmeister des Gladiators. Boaz hatte die spitz zulaufenden Augenbrauen und die hellen Augen eines Halbelfen, dazu scharfe, knochige Gesichtszüge, die ihm ein nagetierähnliches Aussehen verliehen. Seine blauen Augen waren, wie üblich, verschwommen und blutunterlaufen von einer langen Nacht in den Weinschenken von Tyr. »Ich wollte das Leben meiner Wächter nicht für einen Sklaven aufs Spiel setzen.«

Zusammen mit zahlreichen Wächtern und vier weiteren Sklaven stand Boaz auf der breiten Plattform, die die Felswand der Kampfgrube überragte. Die kleine Übungsarena lag in einer abgeschiedenen Ecke von Fürst Tithians Ländereien, mitten in einer Ansammlung kleiner Zellen aus Lehmziegeln, die den fünfzig Sklaven, die die persönlichen Gladiatoren des Hochtemplers waren, als Zuhause dienten.

»Sizzkus war ein guter Mann«, konterte Rikus und schaute zu dem Halbelfen hinauf. »Ihr hättet mich rufen können.«

»Der Gaj hat ihn erwischt, als du geschlafen hast«, erwiderte Boaz, und seine dünnen Lippen verzogen sich verächtlich. »Und wir alle wissen, was geschieht, wenn ein Gladiator deines Alters kämpft, ohne sich aufzuwärmen.«

Die Wächter kicherten bei dieser Beleidigung des Lehrmeisters.

Obwohl sie alle kräftige Männer waren, die Lederharnische und mit Obsidianspitzen versehene Speere trugen, sah Rikus sie herausfordernd an. »Ich kann Boaz und sechs von Euch töten, bevor Ihr auch nur zwinkern könnt«, grollte der Mul. »Ich hoffe, Ihr lacht nicht über mich.«

Die Wächter verstummten sofort, denn der Mul hatte derartige Drohungen schon wahrgemacht. Rikus hatte erst vor zwei Monaten seinen Lehrmeister getötet. Nur weil er sich auf einmal an die Drohung erinnerte, die er bei jener Gelegenheit erhalten hatte, kam Boaz jetzt mit dem Leben davon.

Nach dem Tod seines früheren Lehrmeisters war Fürst Tithian mit einem jungen Sklaven und einer Raupe zu Rikus' Zelle gekommen. Zwei Wachen hatten den Jungen festgehalten, während Tithian die Raupe sorgfältig auf die Oberlippe des Sklaven gelegt hatte. Wie der Blitz war das Wesen das Nasenloch des Jungen hinaufgekrochen. Er hatte zu schreien und zu schnauben begonnen, um es loszuwerden, aber ohne Erfolg. Wenige Sekunden später war Blut aus seiner Nase geströmt, und dann war der arme Kerl bewußtlos zusammengebrochen.

»Der Wurm baut in Grakidis Gehirn ein Nest«, hatte Tithian erklärt. »Während der nächsten sechs Monate wird er blind werden. Er wird vergessen, wie man spricht, er wird sabbern und andere Dinge tun, die zu unerfreulich sind, als daß sie erwähnt werden sollten. Schließlich wird er schwachsinnig werden, und einige Zeit danach wird sich ein Nachtfalter seinen Weg aus einem seiner Augen herauskratzen.«

Tithian hatte einige Augenblicke innegehalten, um Rikus den bewußtlosen Jungen betrachten zu lassen, und hatte dann ein kleines Gefäß aus seiner Soutane gezogen, das eine ähnliche Raupe enthielt. »Erzürne mich niemals wieder.«

Der Hochtempler hatte den Sklaven losgelassen und war ohne ein weiteres Wort fortgegangen. Heute war Grakidi bereits lahm und auf einem Auge blind. Er kannte nur noch seinen eigenen Namen, und manchmal verirrte er sich, wenn er von Zelle zu Zelle ging, um Schmutzwassereimer zu leeren. Dennoch lag stets ein Grinsen auf seinem Gesicht, und er schien auf die typische Art der Schwachsinnigen glücklich zu sein. Rikus konnte es kaum ertragen, ihn anzusehen, denn er fühlte sich schuldig am Zustand des Sklaven. Er beschloß, Grakidi zu töten, sobald sich die Gelegenheit dazu bot.

Als einzige Reaktion auf die Drohung des Mul sah Boaz Rikus an. »Ich bezahle diese Männer, und deshalb können sie auch über meine Späße lachen, wenn sie wollen«, sagte er. »Bedrohe sie nicht, Sklave.«

»Wäre es Euch lieber, wenn ich sie einfach töten würde?« fragte Rikus.

Boaz' blutunterlaufene Augen verengten sich. »Ich hätte es besser wissen und nicht mit einem dummen Mul streiten sollen«, sagte er und wandte seinen ärgerlichen Blick von Rikus ab und sah zu den vier Sklaven hinüber, die oben auf der Mauer standen. »Einer deiner Freunde wird für deine Respektlosigkeit bezahlen. Wen soll ich auspeitschen lassen? Neeva?«

Der Lehrmeister deutete auf Rikus' Kampfpartnerin, eine blonde Frau mit rein menschlichem Blut, die Boaz mit tiefgründigen, smaragdgrünen Augen ansah. Ihr Umhang stand vorn offen, so daß ihr kräftiger Körper zu sehen war, der fast genauso mit Muskeln versehen war wie der von Rikus. Mit ihren vollen, roten Lippen, einem ansprechenden, festen Kinn und ihrer hellen, glatten Haut sah sie sowohl äußerst anziehend als auch gefährlich aus.

Rikus hatte guten Grund, froh zu sein, daß ihr Aussehen nicht täuschte. Er und Neeva waren ein Gespann, und das bedeutete, daß sie nicht nur miteinander schliefen, sondern bei Spielen auch gegen gleichartige Kampfgruppen kämpften. Tatsächlich war der Wettbewerb, in dem er seine Freiheit zu erringen hoffte, ein Spiel für Gespanne.

Als die einzige Antwort des Mul auf Boaz' Frage ein drohender Blick war, zuckte der Lehrmeister die Achseln. »Wie wäre es mit Yarig und Anezka? Sie sind klein, so daß wir wohl beide auspeitschen müßten«, sagte er und deutete auf ein anderes von Tithians Gespannen.

Yarig, der Mann, sah den Lehrmeister stirnrunzelnd und aufgebracht an. Wie alle Zwerge maß er vier Fuß und war von Kopf bis Fuß vollkommen kahl. Seine Gesichtszüge waren eckig und kantig, und seinen kahlen Kopf krönte der charakteristisch zwergenhafte Kamm aus verdickter Hirnschale. Yarigs untersetzter Körper war sogar noch muskulöser und ausgeprägter als der von Rikus. Der Mul hatte schon oft gedacht, daß sein Freund eher an einen Felsblock als an einen Mann erinnerte.

»Ihr seid nicht fair, Boaz«, sagte Yarig fest. »Die Größe macht keinen Unterschied.«

»Ich habe kein Interesse daran, fair zu sein«, schnappte Boaz, der dem Zwerg nur einen Seitenblick zuwarf.

Yarig ließ nicht locker. »Der Größenunterschied macht beim Auspeitschen keinen Unterschied«, beharrte er. Wie es für einen Zwerg typisch war, beharrte er auf unwichtigen Details, während er weitgreifendere Probleme nicht erkennen konnte. »Wenn man ausgepeitscht wird, schmerzt es immer gleich, unabhängig davon, wie groß man ist.«

Anezka trat an die Seite ihres Partners und versuchte, den Zwerg fortzuziehen, während sie Rikus ununterbrochen stirnrunzelnd ansah. Sie war zuvor schon einmal als Strafe für den Widerstand des Mul geschlagen worden und machte sich in keiner Weise die Mühe, ihren Groll ihm gegenüber zu verbergen. Mit nicht mehr als dreieinhalb Fuß war sie eine nicht zu voller Größe ausgewachsene Frau von der anderen Seite der Klingenden Berge. Sie sah aus wie ein Kind, bis auf die Tatsache, daß ihre Gestalt und ihr Gesicht die einer reifen Frau waren. Ihr Haar wuchs zerzaust und buschig von ihrem Kopf herab und war noch nie gebürstet worden. Und ihre klugen, braunen Augen sahen die anderen verwirrt an. Man hatte ihr ihre Zunge herausgeschnitten, bevor sie eine Sklavin wurde, so daß niemand mit Bestimmtheit sagen konnte, ob sie wirklich verwirrt war oder es nur zu sein schien. Die meisten diskutierten diese Frage nicht allzulange, vor allem weil Anezka ihr Fleisch gern aß, wenn es noch lebte. Yarig riß sich von der Frau los und drängte stur auf Boaz ein. »Ihr solltet nur einen von uns auspeitschen.«

Zwei der Wächter des Lehrmeisters richteten ihre Speere auf Yarigs Brust und brachten damit sogar den hartnäckigen Zwerg davon ab, einen Schritt nach vorne zu machen. »Boaz wird keinen von Euch auspeitschen«, stellte Rikus fest.

»Wer wird es dann sein?« fragte Boaz und verzog seine Lippen zu einem grausamen Lächeln. »Wenn nicht deine Grubengefährten oder deine Kampfpartnerin, dann vielleicht deine Geliebte?«

Innerlich grollte Rikus. Er verbarg seine Liebeleien nicht vor Neeva, aber wenn öffentlich davon die Rede war, war das immer dazu geeignet, sie aufzubringen. Im Moment war eine verärgerte Kampfpartnerin das letzte, was er brauchen konnte.

Boaz deutete auf den letzten Sklaven auf der Plattform, eine sinnliche Küchenmagd namens Sadira. Er deutete ihr, zu ihm zu kommen. Wie der Lehrmeister war auch Sadira eine Halbelfin mit spitz zulaufenden Augenbrauen und hellen Augen, aber da hörte die Ähnlichkeit auch schon auf. Während die Gesichtszüge des Lehrmeisters scharf und grob waren, waren die der jungen Frau schlank und gefällig. Ihre Augen waren so klar und ungetrübt wie Turmaline, und ihr langes, bernsteinfarbenes Haar fiel in Wellen über ihre Schultern.

Das Mädchen trug einen Hanfkittel mit tiefem Ausschnitt, der beide Schultern freiließ und einen ausgefransten, kaum bis zur Mitte ihrer schlanken Oberschenkel reichenden Saum hatte. Es war derselbe Kittel, den alle Sklavenmädchen des Lagers trugen, aber an Sadira wirkte das einfache Arbeitskleid genauso aufreizend wie das freizügigste Kleidungsstück jeder Adligen.

Als die Küchenmagd an Boaz' Seite trat, legte der Lehrmeister seine teigige Hand auf ihre bloße Schulter. Sadira zuckte zusammen, als der Lehrmeister seine wollüstigen Finger über ihre glatte Haut gleiten ließ, wagte aber nicht, sich seiner Berührung zu entziehen. »Es wäre eine Schande, solche Schönheit mit Narben von Peitschenhieben zu entstellen, aber wenn es das ist, was du willst, Rikus…«

»Das will ich nicht, das wißt Ihr doch«, sagte Rikus, der sich nur mit Mühe eine weitere Drohung verkneifen konnte. »Wenn Ihr jemanden auspeitschen wollt, dann peitscht mich aus. Ich werde mich Euch nicht widersetzen.«

Über Rikus' Unterwürfigkeit grinsend, schüttelte Boaz den Kopf. »Das würde absolut nicht genügen. Du bist viel zu sehr an physischen Schmerz gewöhnt«, sagte er. »Wenn wir dich etwas lehren wollen, dann muß deine Lektion von anderer Art sein. Also, welcher deiner Freunde wird für deinen Widerstand bezahlen?«

Angespannte Stille folgte. »Du brauchst deine Entscheidung nicht zu übereilen«, sagte Boaz und deutete in die Mitte der Übungsgrube. »Du kannst wählen, nachdem du den Gaj bekämpft hast.«

Mit dem Gedanken, daß das Zugeständnis des Lehrmeisters ihm zumindest Zeit zum Nachdenken verschaffen würde, wandte sich Rikus der Mitte der Grube zu. Der Gaj streckte seine Fühler in seine Richtung aus, öffnete dann seine Kiefer und warf Sizzkus' Körper mit einer ruckartigen Bewegung zur Seite. Als der Nikaal in zwanzig Fuß Entfernung landete, merkte sich Rikus, daß er sich nicht in eine

Position bringen lassen durfte, in der ihn das Wesen genauso umherwirbeln könnte.

»Ich werde deinen Umhang nehmen«, bot Sadira an, die am Rande der Mauer kniete. »Du willst sicher nicht, daß er zerrissen wird, wenn sich der Kampf bis hierher ausdehnen sollte.«

Rikus nahm das Gewand vom Boden auf und warf es dem Sklavenmädchen zu. »Vielen Dank.«

Als sie den Umhang auffing, flüsterte Sadira: »Rikus, Boaz' Grinsen gefällt mir nicht.«

Der Mul lächelte, wobei er eine Reihe weißer Zähne entblößte. »Mach dir seinetwegen keine Gedanken. Eher werde ich ihn zerreißen, als daß ich zulasse, daß er dich schlägt.«

Sadira hob beunruhigt ihre spitz zulaufenden Augenbrauen. »Nein!« murmelte sie. »Das habe ich nicht gemeint. Ich kann die Peitsche ertragen, wenn es sein muß. Ich möchte nur, daß du vorsichtig bist.«

Diese Reaktion der Halbelfin überraschte Rikus, weil er gedacht hatte, sie hätte Angst davor, entstellt zu werden. Bevor er ihre Tapferkeit jedoch anerkennen konnte, trat Neeva an ihre Seite. Sie nahm Sadira am Arm, zog sie unfreundlich auf die Füße und sagte: »Sage mir, welche Waffe du wünschst, Rikus. Unser Freund wetzt schon seine Scheren.«

»Keine Schwerter und keine Messer«, warf Boaz ein und sah Rikus an. »Der Gaj ist als besondere Überraschung für die Spiele zu Ehren der Zikkurat gedacht. Tithian wird Euch an die Ziegelei verkaufen, wenn Ihr ihn tötet.«

Rikus sah über seine Schulter zu dem Gaj hinüber. Die Kiefer des seltsamen Wesens hörten auf zu knacken und blieben geöffnet. Nachdem er seinen Gegner mehrere Momente lang beobachtet hatte, wandte sich der Mul wieder an seinen Lehrmeister. »Wettet Ihr gern, Boaz?«

»Vielleicht.«

Rikus bedachte ihn mit seinem herausforderndsten Lächeln und deutete auf den Gaj. »Ich werde ihn mit nichts als meinen singenden Stäben bekämpfen. Wenn ich siege, peitscht Ihr mich anstelle irgendeines anderen aus. Wenn ich verliere, schlagt Ihr uns alle.«

»Diese Scheren werden deine Stäbe wie Strohhalme zerbrechen!« wandte Neeva ein.

Rikus ignorierte sie und richtete seine Aufmerksamkeit ganz auf Boaz. »Gilt die Wette?« Als der grausame Lehrmeister lächelte und nickte, sah der Mul seine Kampfpartnerin an. »Bring mir meine Stäbe.«

Neeva weigerte sich zu gehen. »Sie sind zu schwach für dieses Wesen«, sagte sie. »Ich werde dir nicht dabei helfen, daß du dich töten läßt.«

»Ich bin sicher, daß Rikus weiß, was er tut«, sagte Sadira und trat vom Rand der Grube zurück. »Ich werde die singenden Stäbe holen.«

Neeva wollte ihr folgen, aber Boaz gab seinen Wachen ein Zeichen, woraufhin diese ihr mit den Spitzen ihrer Speere Einhalt geboten. Kurz darauf kehrte Sadira mit einem Paar scharlachroter Stäbe zurück, die einen Durchmesser von ungefähr einem Zoll und eine Länge von zweieinhalb Fuß hatten. Da sie aus einem faserigen Holz gefertigt waren, das sich zusammenzog, anstatt zu brechen, waren die Stäbe extrem leicht und gewannen ihre Schlagkraft eher durch Geschwindigkeit als aufgrund ihrer Masse. Sie waren sorgfältig geschnitzt, an den Enden rundum etwas größer als in der Mitte, und ein besonderes Öl bewirkte, daß sie leicht zu greifen waren.

Sadira legte die Waffen ab, und Rikus nahm in jede Hand einen Stab. Dann wandte sich der Gladiator dem Gaj zu, wobei er die Stäbe gleichzeitig in einer Acht umherwirbelte.

Als die Waffen durch die Luft schnitten, wurde das besondere Pfeifen laut, das den Stäben ihren Namen verlieh. Obwohl Rikus in Kämpfen auf Leben und Tod selten singende Stäbe gebrauchte, bevorzugte er sie als Übungswaffen, weil ihre Wirksamkeit eher auf Können und der richtigen Zeiteinteilung als auf Kraft und brutaler Gewalt beruhte.

Mit dem Entschluß, den Kopf des Wesens als Angriffsfläche zu wählen, strebte Rikus vorwärts, wobei er seine Stäbe singen ließ, indem er unbewußt eine Vielzahl von Abwehrmustern in die Luft zeichnete.

Der Gaj wartete bewegungslos, die Augen leer und ohne Teilnahme.

»Kann dieses Wesen mich eigentlich sehen?« fragte Rikus.

Die einzige Antwort war ein belustigtes Kichern aus Boaz' Richtung.

Der Gladiator hielt wenige Meter vor dem Kopf des Gaj inne. Ein süßer, moschusartiger Geruch überlagerte den Gestank, der in der Luft hing.

Rikus trat einen weiteren Schritt vor und wirbelte seine Stäbe vor den Augen des Gaj herum. Er reagierte nicht, so daß Rikus einen Stoß auf seinen Kopf andeutete. Als der Gaj noch immer nicht reagierte, glitt Rikus seitlich in die Nähe seiner gefährlichen Kiefer. Einen Stab zur Abwehr eines Angriffs bereithaltend, schlug er mit dem Ende des anderen leicht auf eines der roten, facettenreichen Augen und traf es mit leichtem Schlag.

Der Gaj riß seinen Kopf zu einer Seite herum und schlug die Außenseite seines Kiefers Rikus gegen die Rippen, wodurch dieser rückwärts taumelte. Der Mul hielt inne und sah das Wesen stirnrunzelnd an, während er herauszufinden versuchte, was es in Tithians Augen so besonders erscheinen ließ. Zweifellos war das Wesen kräftig, aber er war davon keineswegs sonderlich beeindruckt. Wenn er ein Schwert oder ein Messer getragen hätte, so hätte er den Gaj bei seinem ersten Scheinangriff töten können.

»Irgend etwas stimmt damit nicht«, rief Rikus über die Schulter. »Die Jäger müssen ihn blind gemacht haben, als sie ihn gefangen haben.«

Boaz brach in einen Anfall schrillen Gelächters aus.

Neeva rief: »Schlag das verdammte Tier einfach und warte ab, was geschieht!«

Wütend über den scharfen Tonfall seiner Partnerin, knirschte Rikus mit den Zähnen und wandte sich dann wieder dem Gaj zu. Ohne die bösartigen, roten Augen der Bestie sonderlich zu beachten, schlenderte er an eine Seite ihres Kopfes. Er verpaßte der weißen Kugel einen scharfen Schlag, wobei der Stab mit einem dumpfen Klopfen auftraf. Die Berührung fühlte sich an, als hätte er auf eine strohgefüllte Matratze geschlagen.

Einer der behaarten Fühler schoß hervor, wand sich um den Stab und riß ihn Rikus mit einem Ruck mühelos aus der Hand. Der erstaunte Mul sprang zur Seite und wich dann zurück, um mehr Entfernung zwischen sich und den Gaj zu legen. Boaz und die Wächter brüllten erheitert los. Rikus runzelte die Stirn, denn er war genauso ärgerlich auf sich selbst, weil er dem Gaj erlaubt hatte, ihn zu überraschen, wie auf die Wächter, weil sie sich über ihn lustig machten. Der Gaj bewegte sich nicht, außer daß er mit einem seiner borstigen Fühler Rikus' Stab durch die Luft schwang. Als der Mul diese Bewegung einen Moment beobachtete, erkannte er, daß es sich dabei um eine seltsame Nachahmung eines der Achtermuster zur Verteidigung handelte – das gleiche Muster, das er in die Luft gezeichnet hatte, nachdem Sadira ihm die Waffen gegeben hatte.

Auf einmal erkannte Rikus zwei wichtige Dinge, was seinen Gegner betraf. Erstens schien es so, als entsprächen die Fühler auf seinem Kopf eher Tentakeln, denn er hatte nie zuvor ein Tier einen Fühler als Greiforgan benutzen sehen. Zweitens war der Gaj erheblich schlauer und wachsamer, als es ihm auf den ersten Blick vorgekommen war. Die Bestie ahmte ein konventionelles Kampfmuster nach, und Rikus bezweifelte, daß das nur Zufall war.

Rikus wandte sich um und grollte. »Du willst also einen kleinen Stabkampf haben?«

Er begann, seinen zweiten Stab in einer Reihe zufällig wechselnder Muster umherzuwirbeln und ging dann hinter diesem nur undeutlich wahrnehmbaren, singenden Schild, den er mit seiner Waffe bildete, auf den Gaj zu.

Als der Gladiator den Kampfradius des Gaj betrat, hob sich die Vorderseite von dessen Rückenschild zwei Fuß vom Boden ab. Rikus erhaschte einen kurzen Blick auf einen fleischigen, weißen Körper und ein Gewirr von Beinen. Plötzlich zog die Bestie ihren Kopf unter den Rückenschild zurück und nahm den singenden Stab mit. Der Rückenschild sank wieder zu Boden. Die mit Widerhaken versehenen Kiefer des Gaj, die als einziges noch zu sehen waren, schlugen einmal zusammen und öffneten sich dann drohend wieder.

»Was ist nun, Rikus?« fragte ein Wächter.

»Kriech doch mal da drunter und bekämpfe es!« schlug ein anderer vor.

Das Gesicht vor Verwirrung gerötet, schaute Rikus über seine Schulter. Nur Neevas Gesicht blieb ernst. Sogar Sadira grinste über seine mißliche Lage.

»Dieses Wesen will nicht kämpfen«, rief er. »Warum kommen nicht drei oder vier von euch statt dessen hier herunter?«

Seine Herausforderung rief unter den Zuschauern erneutes Gekicher hervor, aber keiner von ihnen meldete sich freiwillig.

Rikus nahm seinen Stab zwischen die Zähne und ging so um den Gaj herum, daß seine Scheren ihn nicht ergreifen konnten. Er ging neben dem Rückenschild in die Hocke, ergriff dessen Unterseite und zog mit aller Macht.

Der Rückenschild hob sich mit einem Gepolter vom Boden ab. Rikus zog den Schild noch höher hinauf. Sechs stockähnliche Beine schossen heraus und pflanzten sich, drei auf jeder Seite, fest in den Sand. Die schwarzschimmernden Glieder waren fast so dick wie Rikus' Unterarm und waren durch eine Reihe wulstiger Gelenke in fünf Segmente unterteilt. Jedes Bein endete in zweizackigen Klauen, die sich jetzt in dem fruchtlosen Versuch, den Rückenschild am Boden zu halten, in den Sand bohrten.

Den singenden Stab noch immer zwischen den Zähnen, veränderte Rikus seinen Griff und senkte seinen Körper weiter hinab, um den Panzer endgültig herumstoßen zu können. Dieses Mal erforderte es größere Anstrengung, die Bestie anzuheben. Auf der entgegengesetzten Seite seines Körpers hatte der Gaj seine Beine in einem bestimmten Abstand von dem Rückenschild ausgestreckt, um so den Anstrengungen seines Angreifers entgegenzuhalten. Trotzdem hob Rikus langsam den Panzer an. Sogar ein Wesen wie der Gaj war kein Gegner für die festen Muskeln eines Mul.

Der Rückenschild stieg höher, und die Beine in Rikus' Nähe hoben sich vom Boden ab. Der Mul sah, daß der Körper des Gaj unter seinem Panzer in drei weiße Abschnitte eingeteilt war: in den Kopf, einen schmalen Mittelabschnitt, dem alle sechs Beine entsprangen, und einen aufgeblähten, herzförmigen Bauch. Am Ende des Bauches saß ein Ring rotgefärbter Muskeln.

Als Rikus den Panzer fast zum Umschlagen gebracht

hatte, wölbte der Gaj seinen Bauch vor, so daß der Muskelring auf seinen Angreifer zeigte. Die Muskeln spannten sich an und gaben dann ein daumengroßes Loch frei. Mit einem lauten Zischen strömte eine Gaswolke über das Gesicht des Gladiators.

Rikus spie augenblicklich den Kampfstab zwischen seinen zusammengebissenen Zähnen hervor und ließ ihn in den Sand fallen. Dabei ließ er den Gaj los, wandte sich abrupt um und lief einige Schritte, bevor er auf die Knie sank und würgte. Seine Kehle war von einem brennenden Gestank erfüllt, so daß er es kaum ertragen konnte, und seine Haut juckte unter einer feuchten, übelriechenden Substanz.

»Du glaubst, das Wesen sei hilflos, Rikus?« fragte Boaz und sah den getroffenen Gladiator spöttisch an.

Rikus versuchte etwas zu erwidern, aber zunächst mußte er einige Atemzüge frischer Luft einatmen. Er ergriff eine Handvoll Sand und rieb damit über sein Gesicht, um den übelriechenden Schleier von seinen Wangen abzustreifen.

»Rikus!« rief Yarig. »Du brauchst Hilfe!«

»Nein!« stieß Rikus gepreßt hervor. Wenn er seine Wette mit Boaz gewinnen und seinen Freunden Schläge ersparen wollte, konnte er es nicht zulassen, daß ihm der Zwerg zu Hilfe kam.

In der Hoffnung, daß es Yarig davon abhalten würde, ihm beistehen zu wollen, erhob sich der Mul. Zu seiner Überraschung stolperte er und stürzte beinahe wieder. Er war immer noch sehr angeschlagen, und in seinem Kopf drehte es sich, als hätte er gerade eine Gallone Wein getrunken. Das Wesen hatte ihn vergiftet!

Trotz seiner getrübten Sicht erkannte Rikus, daß er die Entschlossenheit des Zwerges unterschätzt hatte. Yarig trat auf das Seil zu, das in die Kampfgrube hinabführte. »Ich komme, Rikus.«

»Bleib, wo du bist, Yarig!« befahl Boaz. »Ich werde entscheiden, wann Rikus den Kampfplatz verlassen kann.«

Natürlich machte Yarig keinerlei Anstalten zu gehorchen, aber ganz verschwommen sah Rikus, wie Neeva ihn aufhielt. Obwohl sie der Kraft des Zwerges nichts entgegenzusetzen hatte, gelang es der Frau, ihn lange genug zurückzuhalten, daß zwei Wächter ihre Speerspitzen an seine Kehle legen konnten. Schließlich verhielt er widerwillig seinen Schritt.

Rikus' Sicht klärte sich gerade wieder, als seine beiden Kampfstäbe über seinen Kopf segelten und gegen die Felswand prallten. Der Mul fuhr herum, um dem Gaj gegenüberzutreten, wobei ihm von der schnellen Bewegung schwindlig wurde.

Das Wesen war aus seinem flachen Erdloch herausgeklettert. Jetzt, wo es auf allen sechs Beinen stand, lag der höchste Punkt seines Rückenschildes nur wenig höher als Rikus' Kopf. Es schlug seine Kiefer zusammen, schwenkte die behaarten Tentakel auf seinem Kopf, und drei seiner roten Augen schienen auf den Gladiator gerichtet zu sein.

Ohne seinen Blick von dem Gaj abzuwenden, stolperte Rikus zur Wand zurück, um sich seine Stäbe zurückzuholen. Auf der Plattform über ihm unterhielten sich die Wachen und Boaz in aller Ruhe, aber Neeva und die anderen Sklaven blieben still. Der Gaj trippelte vorwärts und öffnete weit seine großen Scheren. In dem Wunsch, nicht an die Mauer gedrängt zu werden, trat Rikus vor, um seinen Gegner zu treffen, wobei er seine Stäbe durch die Luft pfeifen ließ, als seien es Peitschen. Der Gaj reagierte auf diese Bewegung und wirbelte seine Kopftentakel in kleinen Kreisen umher, als seien sie Seile.

Rikus stieß einen Kampfschrei aus und rannte vorwärts, so schnell seine schwachen Beine ihn zu tragen vermochten. Er hob einen Stab zum Schlag und nahm den anderen in eine mittlere Abwehrposition zurück. Im selben Moment sank der Körper des Gaj fast einen Fuß abwärts, indem seine Beine unter ihm einknickten.

Als er erkannte, daß das Wesen ihn ein zweites Mal überraschen wollte, ging auch Rikus sofort in die Knie. Er erhielt einen harten Schlag und landete flach auf dem Rücken. Im selben Augenblick sprang der Gaj los. Der riesige Körper des Wesens brach über ihn herein, und seine mit Widerhaken versehenen Kiefer schnappten an der Stelle zu, wo Rikus unmittelbar gerade noch gestanden hatte.

Der Mul benutzte seine Stäbe wie Dolche und stach in die Unterseite des weichen Brustkorbs des Gajs. Die Enden der Stäbe senkten sich mehrere Zentimeter tief in das weiche Gewebe. Rikus konnte nicht feststellen, ob er den Gaj verletzt hatte oder ob der die Stöße überhaupt spürte.

Der Gaj hob die Rückseite seines Rückenschildes an, und der Gladiator sah den Bauch der Bestie auf sich zurollen. Mit aller Macht trat er dagegen und hielt den Atem an. Ein Zischen ertönte neben seinen Füßen. Der Mul zog seine Stäbe zurück, stach drei weitere Male in den Brustkorb des Gaj, rollte dann herum und bahnte sich seinen Weg durch das Gewirr um sich schlagender Beine, um unter dem Rükkenschild herauszukommen. Als die karmesinroten Strahlen der Sonne sein Gesicht berührten und er wieder zu atmen wagte, warf Rikus Sadira und den anderen Sklaven, die am Rand der Mauer standen, einen Blick zu. Die Wachen, die sie umringten, schienen mehr an dem interessiert, was in der Arena geschah, als daran, die Sklaven zu überwachen.

Der Mul quälte sich auf die Füße. »Es geht mir gut!« rief er und stolperte rückwärts, während er seine Stäbe dazu benutzte, die wilden Schläge von einem Paar schwarzer, gegliederter Beine abzuwehren.

Der Gaj fuhr herum und bedrohte den Gladiator mit seinem Kiefer. Als Rikus einen Angriff vortäuschte, schlossen sich die Scheren des Wesens erneut in der leeren Luft. Der Mul sprang vorbei. Er richtete seine Stäbe in einer raschen Abfolge blitzschneller Stöße auf die fleischige Masse des weißen Kopfes hinab und packte dann mit beiden Händen zu, um dem Stoß noch mehr Wucht zu verleihen.

Der Gaj traf ihn mit seinen behaarten Tentakeln. Brennender Schmerz schoß durch den Arm und die Brust des Gladiators. Sein ganzer Körper schien von innen nach außen zu brennen, und Rikus bekam Angst, daß er sich in einen Flammenball verwandeln könnte. Und dann schrie er.

Gleichzeitig versuchte er, zurückzuspringen. Seine trägen Beine zitterten. Flammende Schmerzen schüttelten seinen Leib. Rikus ignorierte den Schmerz und zwang seinen Körper, sich seinem Willen zu unterwerfen. Er gehorchte halbwegs, und der Mul spürte, daß er rücklings auf den Boden stürzte. Mit einem gewaltigen Gebrüll beschwor Rikus seine Beine, ihn aufzufangen. Sie waren gefühllos, aber sie gehorchten und fingen ihn auf, bevor er hinfiel.

Der Gaj zog seinen Kopf zurück und öffnete die Scheren. Rikus trat zurück und hob kraftlos seine Arme. Der Kopf des Gaj schoß unter dem Rückenschild hervor, und seine Kiefer schlossen sich um die Taille des Mul. Er spürte vier scharfe Stöße, als sich die Widerhaken des Wesens in seinen Bauch gruben.

Rikus versuchte nicht, sich freizuwinden. Sogar unter den fürchterlichen Schmerzen, die er jetzt empfand, erkannte er, wie nutzlos es war, gegen die Scheren anzukämpfen. Statt dessen ergriff er seine Waffen, als seien es Dolche und stach in das nächstgelegene Paar Augen. Als die Stäbe hineinglitten, brachen die roten Facetten, und ein Schauder schüttelte den Körper des Gaj.

Gleich darauf packte er Rikus fester.

Neeva tauchte mit dem Speer eines Wächters in Händen an der Seite des Mul auf. Sie wollte die Spitze in den Kopf des Gaj rammen. Rikus hörte dumpf, daß Boaz ihr etwas zurief. Als Neevas Waffe herabfuhr, fing das Wesen den Speer mit einem borstigen Tentakel ab, riß ihn ihr aus den Händen und warf ihn dann quer durch die Sandgrube.

Yarig tauchte an der rechten Seite auf, dicht gefolgt von Anezka, die sich jedoch vermutlich nur deshalb an dem Kampf beteiligte, um ihren Partner zu unterstützen. Der Zwerg schlug seine schwere Waffe mit Schwung auf den Kopf der Bestie, als sei sie eine Keule. Die Halbelfin stieß die Spitze ihres Speeres unter die Kiefer des Gaj und zielte dort auf die Unterseite seines Kopfes.

Als ihre Angriffe ihr Ziel erreichten, drang Anezkas Speer weit über den Obsidianpunkt hinaus ein. Der Gaj konterte, indem er Rikus als Knüppel benutzte, ihn von einer Seite zur anderen schwenkte und mit seinem massiven Körper auf die Freunde einschlug, die ihn retten wollten. Die drei anderen Gladiatoren fielen übereinander.

Rikus erblickte Sadira, die seitlich an die Bestie heranschlich, mit nichts anderem bewaffnet als einer Handvoll Sand. »Raus hier!« schrie er und war erstaunt darüber, daß das Sklavenmädchen ihr Leben riskierte, um ihn zu retten.

Er wurde so heftig geschüttelt, daß seine Worte bis zur Unverständlichkeit verzerrt wurden. Rikus stach erneut auf die verletzten Augen des Gaj ein. Dieses Mal hielten zwei der Fühler des Wesens seine Stöße ab. Die behaarten Stiele wickelten sich um seine Handgelenke. Wellen des Schmerzes schossen seine Arme hinauf, und seine Muskeln spannten sich so fest an, daß er befürchtete, seine Knochen würden brechen. Er schrie und versuchte die Tentakel herauszureißen, aber seine Arme gehorchten ihm nicht mehr.

Der dritte Tentakel traf ihn seitlich am Kopf und umschlang seine Stirn. Rikus' Bewußtsein explodierte in reinem, weißem Schmerz. Er konnte nichts mehr sehen und nichts mehr hören. Er spürte, wie sich seine Brust zusammenzog und wieder ausweitete, als er schrie, aber das war alles.

In seinem Kopf erschien ein Schwarm daumengroßer Käfer aus der kreidefarbenen Leere, die ihn jetzt von allem abschnitt. Alle Käfer sahen so aus wie der Gaj. Langsam krabbelten sie durch die Luft an die Oberfläche seines Bewußtseins und begannen daran zu nagen, wobei sie dünne Fäden des Schmerzes zurückließen, als sie weiterkrochen. Allmählich knüpften sie ein Netz aus brennender Qual, das Rikus' Bewußtsein vollständig umhüllte.

Das Netz begann sich unerbittlich immer fester zusammenzuziehen, und das Entsetzen des Mul, seine Erinnerung und sogar sein Kampfwille begannen zu verblassen. Schon bald konnte er nichts anderes mehr empfinden als die schreckliche Glut seines Todeskampfes und nichts anderes riechen als den bitteren Geruch seiner eigenen Angst und nichts anderes mehr schmecken als die trockene Asche seiner davongleitenden Gedanken.

Schließlich verblaßten auch diese bitteren Empfindungen. Der Mul hatte nur noch den langen Sturz in die Vergessenheit vor sich.

Die Zauberin

Rikus hörte auf zu schreien.

Die Kampfstäbe fielen aus den dickfingrigen Händen des Mul. Seine Schultern sanken ein, seine wulstigen Knie sackten zusammen, und seine dunklen Augen rollten in ihre Höhlungen zurück, bis nur noch das Weiße zu sehen war. Der Gaj hob seine schwarzen Scheren und präsentierte den schlaffen Körper des Gladiators, als sei er eine Trophäe. Ein behaarter Tentakel blieb um Rikus' Stirn geschlungen und hielt seinen Kopf aufrecht, und die anderen umklammerten noch immer seine Handgelenke.

Sadira blieb in einiger Entfernung seitlich von dem Gaj stehen. Sie mußte gegen ein Würgen ankämpfen, als sie den letzten Hauch des übelriechenden Gases roch. Der Körper des Mul hing schlaff in den schwarzen Scheren der Bestie, und Blut strömte von den Einstichwunden seiner Widerhaken hinab und tropfte in den Sand.

Neben dem Gaj kam Neeva wieder auf die Füße und versuchte, ihren Kopf durch heftiges Schütteln klarzubekommen. Auf der anderen Seite der Bestie war Yarig bereits aufgestanden und hob in Vorbereitung eines Angriffs seinen Speer. Anezka, deren Speer im Kopf der Bestie steckengeblieben war, stand weiter entfernt als Sadira und betrachtete das Wesen mit einem Blick verwirrter Verärgerung. Oben auf der Mauer schrie Boaz: »Laßt den verweichlichten Mul sterben!«

Obwohl sie wußten, daß ihnen schwere Strafen drohten, gehorchte keiner der Sklaven dem Lehrmeister. Als der Gaj den Mul mit seinen borstigen Tentakeln erwischt hatte, hatten der ungewohnte Klang von Rikus' Schreien und seine Bewegungen keinen Zweifel daran gelassen, daß er in Schwierigkeiten war. Yarig hatte die auf seine Kehle gerichteten Speere zur Seite geschlagen und war dann das Seil hinabgeglitten, um seinem Freund zu helfen. Aus Loyalität zu ihm war Anezka ihm auf dem Fuße gefolgt. Im selben Augenblick hatte Neeva die Speere aus den Händen von drei Wächtern gerissen und sich hinunter in den Sand fallen lassen, ohne sich erst des Seils zu bedienen.

Zum Erstaunen aller anderen war auch Sadira an den verwirrten Wächtern vorbeigeschlüpft und den Gladiatoren in die Grube gefolgt. Zweifellos glaubten Boaz und die anderen, daß sie ihren koketten Kopf verloren hatte und aus einem Gefühl der Panik heraus in die Grube geeilt war, aber das war nicht der Fall. Sadira hatte sich in die Arena hinabgelassen, um für den Fall, daß es vielleicht keinen anderen Weg mehr geben würde, nahe genug zu sein, Rikus' Leben durch einen Zauber zu retten.

Jetzt schien es so, als würde der Mul in Stücke gerissen werden, falls die anderen Gladiatoren ihn aus den Scheren des Gaj befreien wollten. Wenn der Mul gerettet werden sollte, mußte Sadira ihre Magie anwenden – eine Entscheidung, durch die sie mit Sicherheit ihr eigenes Leben in Gefahr bringen würde. In Tyr, wie auch in anderen athasischen Städten, war es nur dem König und seinen Templern erlaubt, Magie anzuwenden. Diejenigen, die diesem Gesetz zuwiderhandelten, wurden mit dem Tode bestraft.

Noch schwerwiegender aber war, daß jeder, der etwas über Magie wußte, auch wissen würde, daß Sadira solche Macht nicht allein erlangt haben konnte. Tithian, ihr Besitzer, der sie sicherlich befragen würde, würde davon ausgehen, daß sie mit der Verschleierten Allianz in Verbindung stand, der verborgenen Gemeinschaft von Zauberern, die sich zusammengeschlossen hatten, um den König zu stürzen. Zweifellos würde er wissen wollen, warum die Allianz einen Vertreter in seine Gruben entsandt hatte. Wenn er sie lebend finge, würde er versuchen, durch lange und schmerzhafte Folterungen ihre Antwort zu erzwingen.

Trotz all dieser Überlegungen hatte Sadira keine andere Wahl, als ihre Magie zu gebrauchen. Rikus wußte es noch nicht, aber die Verschleierte Allianz hatte bezüglich der Spiele zu Ehren der Zikkurat ganz bestimmte Pläne mit ihm. Zuviel hing von jenen Plänen ab, als daß man den Gladiator hätte sterben lassen können.

Während sie sich darauf vorbereitete, ihren Zauber heraufzubeschwören, atmete Sadira tief durch und suchte nach einem Hinweis darauf, daß die Kämpfer vielleicht doch noch aufgrund ihrer Überlegenheit gewinnen würden. Sie fand keinen. Der Gaj hielt sowohl Yarig als auch Neeva in Schach, indem er Rikus' Körper schwenkte, und Anezka schien ohne ihren Speer vollkommen verloren zu sein.

»Neeva, Yarig, schützt eure Augen!« schrie Sadira.

Neeva runzelte die Stirn. »Was?«

»Vertraut mir einfach«, sagte Sadira scharf. »Es ist für Rikus.«

Ohne eine Antwort abzuwarten, näherte die Halbelfin ihre Handfläche dem Boden und spreizte ihre Finger. Alle anderen Gedanken schaltete sie aus und konzentrierte ihr Bewußtsein allein auf ihre Hand, und dann beschwor sie alle Energie herauf, die sie für ihre Magie benötigte. Die Luft unter ihrer Handfläche begann zu flimmern. Dann rollte eine kaum sichtbare Woge der Macht durch die Luft, glitt in ihre Hand und zog durch ihren Arm.

Für das ungeübte Auge sah es vielleicht so aus, als entzöge Sadira ihre Magie dem Boden, aber das war nicht der Fall.

Obwohl es stimmte, daß sie die Macht ihrer Magie Athas' Lebenskraft selbst entzog, konnte sie diese mystische Kraft wie alle Zauberer nur über Pflanzen anrühren. Die Energie, die in ihren Körper floß, kam von den Gelbholzsumachbäumen, den Nadelbüschen und Hornbüschen, die Tithians Sklavenländereien umgaben, zu ihr. Der Boden half nur, diese Kraft zu übermitteln.

Als Sadira genug Macht für ihren Zauber gesammelt hatte, schloß sie ihre Hand und unterbrach den Energiefluß. Wenn sie zu schnell zuviel Macht in sich aufnahm, würden die Pflanzen, denen sie die Lebenskraft entzog, sterben, und der Boden, der ihre Wurzeln barg, würde unfruchtbar und öde werden. Unglücklicherweise gingen nur wenige Zauberer so vorsichtig mit ihren Kräften um, und es war ihrer Sorglosigkeit zuzuschreiben, daß Athas zu einem Ödland geworden war.

Jetzt, als Sadira genügend mystische Energie gesammelt hatte, benutzte sie die Zauberformel, die ihrer Magie Form und Richtung geben würde, und warf dann eine Handvoll Sand auf ihr Ziel. Ein blitzender Kegel aus Scharlachrot und Gold wurde aus ihren Fingern herausgeschleudert und schoß als funkelndes Strahlen auf den Kopf des Gaj zu. Als er die Bestie erreichte, wurde der Strom zu einem Schaum aus smaragdgrünen Blasen, deren jede in einen Sprühregen aus Rot und Blau und Gelb in vielerlei Schattierungen aufbrach. Selbst für Sadira, die wußte, was kommen würde, war die Vorstellung verblüffend. Der Glanz all dieser schrillen Farben machte sie schwindlig, und nur die Tatsache, daß sie gewußt hatte, was der Zauber bewirken würde, rettete sie davor, sich von dem leuchtenden Schauspiel einlullen zu lassen.

Die Tentakel des Gaj wurden schlaff und gaben Rikus' Kopf und Handgelenke frei. Seine roten Augen verblaßten zu einem matten Kastanienbraun. Dann zog er seine staksigen Beine zurück, und sein schuppiger Rückenschild sank zu Boden. Unglücklicherweise blieben seine Scheren geschlossen, so daß Rikus' schlaffer Körper in seinen mächtigen Kiefern gefangen blieb. Wo die Fühler des Gaj ihn festgehalten hatten, bedeckten rote Striemen die Haut des Gladiators.

Sowohl Neeva als auch Yarig schauten von Sadira zu der bewegungslosen Bestie hinüber. »Was ist geschehen?« fragte der Zwerg.

»Er ist betäubt«, antwortete Sadira und trat auf die Kiefer des Wesens zu. »Ich habe ihn mit einem Zauber belegt.«

Die Unterkiefer beider Gladiatoren fielen herab. »Das wird deinen Tod bedeuten!« seufzte Neeva. »Das würdest du für Rikus wagen?«

»Ich habe es bereits getan«, erwiderte Sadira.

Oben auf der Mauer schrie Boaz: »Was ist mit dem Gaj geschehen? Fürst Tithian wird seinen Kopf fordern!«

Die Küchenmagd ignorierte ihn und zog an einer seiner Scheren. Sie öffnete sich nicht. »Wir müssen Rikus freibekommen«, sagte sie. »Der Gaj wird sich bald erholen.«

Neeva trat neben Sadira und steckte einen Speer zwischen die Scheren. »Rikus hat mir nie erzählt, daß du eine Zauberin bist.«

»Ich habe versucht, nicht alle meine Geheimnisse zu verraten«, antwortete Sadira.

Neeva stützte einen Fuß gegen eine Schere und benutzte ihren Speer als Hebel. Als sich die Scheren langsam öffneten, legte Yarig seine eigenen Waffen beiseite und begann Rikus herauszuziehen. Die Widerhaken, die noch immer den Bauch des Mul durchbohrten, zerrten an der Haut des Gladiators.

»Warte!« sagte Sadira und legte eine ihrer sanften Hände

auf den Arm des Zwerges. »Neeva muß erst die Scheren weiter öffnen.«

»Das schaffe ich nicht«, erklang es angestrengt.

»Was macht ihr mit dem Gaj?« rief Boaz von der Mauer herunter.

»Halt! Verletzt ihn nicht noch mehr.«

Die Wächter schlurften auf das Seil zu und begannen den Befehl ihres Vorgesetzten, sie sollten den Gaj in Ruhe lassen, zu wiederholen, aber sie machten keinerlei Anstalten, die Ausführung dieses Befehls zu erzwingen. Ihr Zögern überraschte Sadira nicht. Ihr Kampfvermögen konnte sich nicht mit dem der Gladiatoren messen, und keiner von ihnen wollte damit anfangen, Gewalt gegen die Sklaven einzusetzen.

Yarig zog seinen Speer zurück und steckte ihn neben Neevas Waffe zwischen die Scheren. Als der Zwerg die Bemühungen mit ganzer Kraft unterstützte, öffneten sich die Scheren endlich. Die Widerhaken lösten sich von Rikus' Bauch, und das Blut strömte aus seinen Wunden.

Sadira packte die breiten Schultern des Gladiators und zog, aber der Mul war viel zu schwer für sie.

»Anezka, hilf mir!«

Die Frau trat langsam neben sie und ergriff einen von Rikus' Armen. Zu zweit zogen sie ihn zwischen den Scheren hervor. Als der bewußtlose Mul befreit war, ließen Neeva und Yarig ihre Waffen los und erlaubten den Scheren, sich wieder zu schließen. Jeder von ihnen ergriff einen von Rikus' Armen, und gemeinsam zogen sie ihn an den Rand der Kampfgrube. Sadira und Anezka folgten einen Schritt hinter ihnen, wobei sie beide über die Schulter die betäubte Bestie im Auge behielten und auf ein Anzeichen von Bewegung achteten. Als sie die Mauer erreicht hatten, begannen die Tentakel des Gaj zu zucken. Yarig griff das Seil und kletterte hinauf. Oben wartete bereits Boaz auf ihn. »Ich sollte dich für den Gaj dort unten lassen«, zischte der Lehrmeister.

»Wir hätten ihn sonst töten müssen«, erwiderte Yarig nur. »Soll ich wieder hinuntergehen?«

Boaz musterte den eigensinnigen Zwerg einen Moment, verärgert über seine eigene Unsicherheit. Schließlich trat er beiseite. »Nein. Ich werde mir später eine passendere Bestrafung für deinen Ungehorsam einfallen lassen.«

Als Yarig aus der Grube herauskletterte, hob Neeva Rikus an und stemmte ihn so hoch, wie sie konnte. Yarig ließ sich auf der Mauer auf den Bauch nieder und griff dann nach unten, um den bewußtlosen Mul zu erreichen. Die Arme des Zwerges waren zu kurz, aber Anezka löste das Problem, indem sie die Strickleiter halbwegs hinaufkletterte und half, Rikus' schwere Arme zu ihrem Partner hochzureichen.

»Ich habe ihn!« sagte Yarig und bemühte sich, den Mul auf die Plattform zu ziehen, während Neeva von unten nachschob.

Hinter Sadira schlug der Gaj seine Scheren laut zusammen und zerstörte die zurückgelassenen Speere mit lautem Krachen.

Neeva stöhnte laut auf und hievte Rikus über ihren Kopf hinauf. Yarig zog den großen Mul dann in Sicherheit. Gleich darauf kletterte Anezka ganz hinauf. Sadira wagte einen Blick über ihre Schulter. Der Gaj hatte sich erhoben, und seine behaarten Tentakel streckten sich nach der Gruppe aus.

»Wir müssen uns beeilen!« rief Sadira. »Er ist aufgewacht!«

Sie hatte die Worte kaum ausgesprochen, als zwei starke Hände sie auch schon um die Taille faßten. Bevor die Halbelfin wußte, was geschah, hatte Neeva sie an Yarig weitergereicht, der sie mühelos in Sicherheit brachte.

Als Yarig sie auf der Mauer absetzte, fuhr Sadira herum. Der Gaj trippelte über den sandigen Boden der Kampfgrube und war bereits auf halbem Weg zur Mauer. Neeva sprang hoch und packte das Seil, aber Sadira bezweifelte, daß die Frau nach oben gelangen konnte, bevor das Wesen sie erwischte.

Da sie sich zuvor als Zauberin gezeigt hatte, entschied Sadira, daß es keinen zusätzlichen Schaden bedeuten würde, wenn sie ihre Magie jetzt gebrauchte, um Rikus' Partnerin zu retten. Sie zeigte auf den Gaj und begann einen Zauberspruch zu murmeln, um eine Kugel magischer Energie in den Kopf der Bestie schießen zu können. Doch bevor sie den Zauber schließlich heraufbeschwören konnte, schrie Boaz: »Haltet sie auf!«

Einer der Wächter schlug mit dem Schaft seines Speeres auf Sadiras Unterarm und leitete ihren Angriff dadurch fehl. Ein Ausbruch goldener Energie blitzte an ihren Fingerspitzen auf und schoß in die Grube, traf aber nur eine Stelle ein gutes Stück von dem Gaj entfernt. Ein Sandwirbel stob dreißig Fuß in die Luft empor. Der Gaj ignorierte den Energiestoß und setzte seinen Angriff fort, wobei er laut mit den Scheren knackte und ärgerlich seine Fühler schwenkte. Neeva erreichte mit einer Hand den oberen Rand der Grube, und Yarig ergriff ihren Arm.

Als der Gaj die Grubenwand erreicht hatte, hob er das vordere Ende seines Rückenschildes an und begann in dem nutzlosen Versuch, Neeva zu folgen, am Fuß der Mauer zu kratzen. Der Kopf des Wesens befand sich nur wenige Fuß unter Neevas Knöcheln. Ihre andere Hand umklammerte den oberen Rand der Mauer, und sie begann sich hochzuziehen.

Doch einer der Tentakel des Gaj schoß heran und umschlang Neevas nackte Wade. Die Frau schrie vor

Schmerz und Überraschung auf. Ihre Finger glitten von der Wand ab, aber Yarig konnte ihren Arm fassen und hielt sie fest. Neeva fand mit der anderen Hand erneut Halt. Noch immer vor Schmerz schreiend, kämpfte sie darum, sich die Mauer hinaufzuziehen.

Der borstige Fühler des Wesens hielt ihre Wade fest. Neeva riß ihr Bein hoch und wand sich verzweifelt. Mit einem lauten Knall löste sich auf einmal der Tentakel. Die Bestie stieß einen durchdringenden Schrei aus und kroch dann davon. Wenige Meter von der Mauer entfernt zog sie ihre Beine und den Kopf ein und senkte ihren Rückenpanzer langsam auf den Sand.

»Nehmt mir das ab!« schrie Neeva und schlug heftig um sich. Sie versuchte, den um ihr Bein geschlungenen Tentakel zu erreichen, aber der intensive Schmerz lähmte ihre Arme und Beine. Sadira wollte Neeva helfen, sah sich dann aber der scharfen Spitze eines Speeres gegenüber.

»Keine Bewegung«, drohte ihr einer der Wächter. Ohne auf diese Drohung zu achten, versuchte Yarig, Neeva zu helfen, aber Boaz trat zwischen ihn und die schreiende Frau. »Ich habe dir nicht erlaubt, ihr zu helfen«, knurrte er.

Der Zwerg grinste höhnisch und versuchte an dem Lehrmeister vorbeizukommen. Ein Wächter stürzte vor und preßte seine Speerspitze gegen Yarigs Rippen.

Während Neeva weiterhin um sich schlug und schrie, schaute Boaz zu den Wächtern hinüber, die den noch immer flach auf dem Boden liegenden Rikus umstanden. »Ist der Mul tot?«

Einer der Wächter schüttelte den Kopf. »Er atmet, aber das ist auch alles.«

»Dann seht zu, ob ihr ihn am Leben erhalten könnt«, befahl Boaz. »Wir können unseren Kämpfer nicht im Schlaf sterben lassen. Das würde Fürst Tithian nicht gefallen.«

Der Wächter nickte und verband dann die Wunden des Mul. Nur wenige Fuß davon entfernt schrie Neeva weiterhin ihren Schmerz heraus. Niemand half ihr.

Boaz schaute als nächstes zu Sadira hinüber. »Was sollen wir denn nun mit dir machen, mein bezauberndes kleines Mädchen? Sicherlich weißt du, daß der Tod die Strafe für die Anwendung von Magie ist.«

Die Küchenmagd hielt dem Blick des Lehrmeisters stand, obwohl ihr Herz vor Angst pochte. »Fürst Tithian wird mich sicherlich befragen wollen, bevor ich getötet werde«, sagte sie. Zuversicht vortäuschend, zwang sie ihre sinnlichen Lippen zu einem Lächeln. »Und ich verstehe, daß Euch das vielleicht beunruhigt. Denn Fürst Tithian wird sicherlich ärgerlich sein, wenn er hört, daß Ihr seinen hochgeschätzten Gladiator mit nur einem Paar singender Stäbe gegen den Gaj habt antreten lassen.«

»Also sollte ich einfach vergessen, was ich gesehen habe?« fragte Boaz und erwiderte Sadiras Lächeln mit einem zynischen Grinsen. »Das wäre in Eurem eigenen Interesse das Beste«, erwiderte sie und bemühte sich, einen gleichmütigen Tonfall beizubehalten.

»Von Tithian habe ich nichts zu befürchten«, sagte Boaz. »Für ihn ist der Mul einfach nur ein beliebiger Sklave.«

Während der Lehrmeister sie betrachtete, suchte Sadira nach Anzeichen eines Zweifels. Die Intensität seiner Konzentration ließ sie vermuten, daß sie vielleicht Erfolg gehabt hatte. Ungeachtet dessen, was der Lehrmeister behauptete, würde Tithian tatsächlich aufgebracht sein, wenn er erfuhr, wie Rikus verletzt worden war. Boaz konnte sicher sein, daß die Geschichte bekannt werden würde, wenn er Sadira ihrem Herrn zur Befragung überstellen würde.

»Vielleicht sollte ich dich jetzt töten«, drohte Boaz. »Ich könnte dich jederzeit dem Gaj vorwerfen.«

»Das ist Eure Entscheidung«, antwortete Sadira tapfer. »Aber Fürst Tithian würde dann um die Gelegenheit betrogen werden, mich zu befragen. Möglicherweise würde er von der Magie erfahren, die ich heute angewandt habe. Selbst wenn Eure Wächter schweigen, werden sicherlich die Gladiatoren davon erzählen. Oder wollt Ihr die auch alle töten?«

Während sich der Lehrmeister seine nächste Antwort überlegte, gelang es Neeva schließlich doch noch, den Fühler des Gaj von ihrem Bein zu lösen und ihn in hohem Bogen in die Grube zu werfen. Ihre Schmerzensschreie wurden zu einem leisen Stöhnen. Und diese plötzliche Stille schien Boaz zu ermutigen.

Der Halbelf antwortete Sadira mit einem verkrampften Lächeln. »Ich werde mir deinen Rat überlegen.« Er schaute von dem Sklavenmädchen zu dem neben ihr stehenden Wächter, der jetzt den Speer an ihre Kehle hielt. »Sperr sie im Brecher ein.«

Sadira zuckte zusammen. Der Brecher war ein altes Lagerhaus mit Dutzenden kleiner Silos in der Erde. Jemand in den Brecher zu sperren, war Boaz' beliebteste Bestrafungsart. Sie war nicht sicher, welche Schrecken der Brecher barg, aber es gab viele, viele Gerüchte. Sicher wußte Sadira nur, daß bisher kein Sklave die Gefangenschaft im Brecher länger als fünf Tage überlebt hatte.

Der Wächter nahm die junge Frau am Arm. Als er sie wegführte, warf die Halbelfin einen letzten Blick auf Rikus. Inzwischen kümmerten sich zwei Wächter um ihn. Sie hatten das Gewand des Mul in Streifen gerissen und wickelten diese um seinen Bauch, aber noch immer sickerte erschreckend viel Blut unter dem Verband hervor. Sadira war jedoch froh, ihn bluten zu sehen, weil das in seiner augenblicklich schlechten Verfassung das einzige Lebenszeichen war.

Boaz gab dem Wächter, der Sadira festhielt, ein Zeichen. »Sorge dafür, daß sie gefesselt und geknebelt wird.«

Sadira wurde bei dieser letzten Bemerkung das Herz schwer. Mit gefesselten Händen und geknebelter Zunge konnte sie ihre Magie nicht einsetzen. Es würde ihr nicht möglich sein, die Gesten zu vollführen oder die Zauberformeln zu sprechen, die sie brauchen würde, um fliehen zu können.

Der Wächter nickte und senkte dann seinen Speer auf Sadiras Rücken. »Du weißt ja, wohin wir gehen.«

Sadira ging ihm voran über die Plattform zu einer kurzen Treppe. Direkt über ihr befand sich ein Dutzend klobiger Gebäude. Ihre Mauern waren aus graubraunen Lehmziegeln errichtet worden, und Tierhäute deckten ihre Dächer. Zwischen den Gebäuden schlurfte eine Handvoll magerer Sklaven umher. Sie trugen Eimer mit Wasser und Nahrung zu den Zellen, die Tithians Gladiatoren beherbergten und, was noch wichtiger war, zu den Pferchen, in denen die fremdartigen Tiere gehalten wurden, die seine Jäger für die Spiele zu Ehren der Zikkurat gefangen hatten.

Jenseits der Gebäude erhob sich die Abschlußmauer der Ländereien, eine zwanzig Fuß hohe Lehmziegelbarrikade, die von gezackten Obsidianscherben gekrönt wurde. An jeder Ecke erhob sich ein hoher Turm mit flachem Dach über die Mauer. Die Dächer der Türme waren mit schuppigen Häuten gedeckt.

Zwei Wächter standen in jedem der vier Türme. Sie trugen keine Rüstung, denn jeder, der so schwer bekleidet wäre, würde in der brennenden Hitze eines athasischen Tages in Ohnmacht fallen, aber jeder der Wächter war mit einer Armbrust, einem kleinen Vorrat an Bolzen mit Stahlspitze und einem Stahldolch bewaffnet.

Die Stahlwaffen waren, wie Sadira wußte, eher zur Einschüchterung als zum tatsächlichen Gebrauch gedacht. Auf Athas war Metall wertvoller als Wasser und seltener als Regen. Tyr war einzigartig unter den Stadtstaaten von Athas, da es eine nutzbare Eisenmine besaß. Andere Städte mußten sich für ihr Metall auf durchtriebene Gruppen von Bergungsarbeitern verlassen. Diese tollkühnen Glücksritter machten überall unter dem Sand der Wüste in den uralten Ruinen zerstörte Waffen- und Schatzkammern ausfindig.

Die Tatsache, daß Tithian seine Turmwächter mit Stahlwaffen ausrüstete, war ein Zeichen für den unglaublichen Reichtum des Templers. Sogar in Tyr, wo Eisen relativ üppig vorhanden war, kostete ein stählerner Armbrustbolzen mehr als ein gesunder Bauernhofsklave, und die Dolche waren soviel wert wie ein guter Gladiator. Sadiras Wächter stieß sie mit seiner Obsidianspeerspitze an. »Geh weiter.«

Obwohl es sie drängte, sofort einen Zauber heraufzubeschwören, stieg die Halbelfin die Stufen von der Plattform der Arena hinab. Im Moment würden Boaz und die anderen Wächter auf den leisesten Hinweis auf Schwierigkeiten schnell reagieren, und Sadira wußte, daß sie schwerlich daran denken konnte, ein halbes Dutzend kampfbereiter Wächter außer Gefecht zu setzen. Sie würde ihre Zeit abwarten müssen, um doch noch entkommen zu können.

Sadira ging zu dem Brecher, einem kleinen Gebäude am entgegengesetzten Ende der Ländereien. Hier knebelte sie ein Wächter mit einem schmutzigen Stück Stoff und band ihre Hände mit einem Seil, das tief in ihre Haut einschnitt, hinter ihrem Rücken. Sie wurde an zwei Wächter, die dem Brecher zugeteilt waren, weitergereicht, die sie in das Verlies stießen. Als sie eine Felsentreppe hinunterstieg, schwappte der dumpfe Gestank von Abfall und menschlichen Ausdünstungen über sie hinweg. Sie würgte und erstickte dann beinahe an dem Knebel in ihrem Mund.

Die Wächter lachten über ihre Qualen, packten sie an den Armen und zogen sie vorwärts. Die Strahlen der karmesinroten Sonne durchdrangen das Dach aus Häuten und erhellten das Innere mit einem rötlichen Glühen, das den Ort noch abstoßender und ekelerregender erscheinen ließ.

Der Felsenboden der Baracke war mit schweren Steinfliesen bedeckt. Die Wachen führten Sadira an die jenseitige Wand des Raumes und schoben dann eine der Steinplatten beiseite. Ein leises Zischen, ähnlich dem Flüstern eines sanften Windes, stieg aus dem Silo darunter auf. Die Zelle war so schwarz wie Obsidian, aber Sadira konnte dennoch so deutlich, als sei alles von einer Fackel beleuchtet, sehen, was sie dort unten erwartete. Von ihren elfischen Vorfahren hatte sie die Infravision geerbt, die Fähigkeit, sich aus unterschiedlich warmen Zonen ein Bild zu formen, wenn keine Lichtquelle vorhanden war.

Aus dem kühlen Blau der Ziegelsteinwände des Silos her erkannte Sadira, daß dort ein rundes Loch von ungefähr zweieinhalb Fuß Durchmesser und zehn Fuß Tiefe war. Es gab dort gerade genug Platz, um zu stehen, aber zu wenig, um sich hinzusetzen oder hinzulegen.

Die Zelle war von oben bis unten mit den grünen Spinnwebfäden eines seidigen Netzes ausgefüllt. Überall in diesem Netz krochen Dutzende, vielleicht Hunderte von rötlichen Reptilien herum, die ein sanftes Flüstern erzeugten, indem sie ihre Schuppen an den seidigen Fäden, an den Wänden und aneinander rieben. Sie waren ungefähr so lang wie Sadiras Finger, hatten weiche, röhrenförmige Körper, wie Pfeile geformte Köpfe, kleine, annähernd quadratische Ohren und facettenreiche Augen, die an Insektenaugen erinnerten. Sie war nicht sicher, ob es sich um Eidechsen oder Schlangen handelte, denn sie hatten vorne winzige Beine und Füße, aber keine hinteren Gliedmaßen.

Einer der Wächter packte Sadira unter den Armen und hob sie über den Schacht. Die Halbelfin stöhnte entsetzt und stemmte ihre Füße gegen die Ränder der Grube. Sie wußte, daß es sinnlos war, sich zu wehren, aber der Gedanke daran, in diese sich windende Menge dort unten hinabgelassen zu werden, ließ sie verzweifelt um Atem ringen.

Der andere Wächter stieß ihre Füße von den Rändern des Schachts fort, und derjenige, der sie festhielt, löste jetzt seinen Griff. Sadira stürzte durch das Netz und löste damit einen Regen von glitschigen Körpern und klebrigen Fäden aus. Als sie auf dem Boden auftraf, gaben ihre Knie nach, und ihre Schulter stieß gegen die Ziegelsteinwand. Ein stechender Schmerz schoß durch ihre Knöchel und Knie, und ihr linker Arm war auf einmal taub. Sie fand sich in dem engen Silo in der Hocke wieder.

Schuppige Stränge aus Körpern begannen über ihre bloßen Beine, ihre Schultern und sogar über ihren Nacken zu kriechen. Voller Ekel stieß Sadira einen unterdrückten Schrei aus und schob sich hoch, bis sie stand. Die Anstrengung sandte erneute Schmerzströme durch ihre Knöchel und Knie.

Oben am Silo kicherten die beiden Wächter und ließen dann die Steinfliese wieder an ihren Platz gleiten.

Die Zauberin war nun in der Zelle allein mit den widerwärtigen Wesen, die ihre zischenden Schuppen an ihrer Haut rieben und sie mit ihren rauhen Zungen berührten. Sie konnte nicht feststellen, ob sie sie in der Kolonie willkommen hießen oder den jüngsten Fang des Netzes einer Geschmacksprobe unterzogen. Die Zauberin tröstete sich mit dem Gedanken, daß die größte Gefahr darin bestand, wahnsinnig zu werden. Sie bezweifelte, daß Boaz Dinge dulden würde, die die Folter seiner Opfer verkürzten, indem sie ihnen den Tod brachten.

Die Halbelfin verschwendete kaum Zeit darauf, in Panik zu geraten oder ihr Schicksal zu bejammern, denn sie wußte, daß das die Reaktionen waren, die Boaz erreichen wollte. Da sie in die Sklaverei geboren worden war, hatte Sadira schon vor langer Zeit erkannt, daß ihre Herren zwar Drohungen und Gewalt anwenden konnten, um sie in Gefangenschaft zu halten, aber nicht ihren Geist oder ihre Gefühle kontrollieren konnten, solange sie es nicht zuließ. Solange sie stark blieb und sich weigerte, deren Recht auf ihre Versklavung anzuerkennen, war sie zumindest in Gedanken frei. Natürlich war geistige Freiheit ein schlechter Ersatz für die richtige Freiheit, aber zumindest hielt sie die Hoffnung aufrecht.

Die Zauberin hatte zu viele Leute den letzten Rest von Würde aufgeben sehen. Sadiras eigene Mutter Barakah, eine Menschenfrau mit bernsteinfarbenem Haar, hatte sich, als sie starb, bei ihrer Tochter für die »Verbrechen« entschuldigt, die sie begangen hatte und die dazu geführt hätten, daß Sadira als Sklavin geboren worden war. Die Halbelfin hielt die Handlungsweise ihrer Mutter jedoch nicht für Verbrechen.

Aus dem, was sie mühsam zusammengetragen hatte, ergab sich, daß sich ihre Mutter als junge Frau mit einer der wenigen verbotenen Tätigkeiten in Tyr ihren Lebensunterhalt verdient hatte. König Kalak hatte es untersagt, magische Dinge zu kaufen oder zu verkaufen. Natürlich gab es einen blühenden Handel mit Chamäleonhäuten, Gummiarabikum, Katzensilber und anderen schwer erhältlichen Artikeln auf dem berüchtigten Elfenmarkt. Barakah hatte sich ihren Lebensunterhalt als Botin zwischen der Verschleierten Allianz und den unzuverlässigen Elfenschmugglern verdient. Zusätzlich hatte sie den Fehler gemacht, sich in einen unbedeutenden elfischen Gauner namens Faenaeyon zu verlieben. Kurz nachdem sie schwanger geworden war, hatten die Templer den schmutzigen Laden überfallen, in dem Faenaeyon lebte und seinen Geschäften nachging. Er war entkommen und in die Wüste entflohen, aber die schwangere Barakah war gefangengenommen und in die Sklaverei verkauft worden. Faenaeyon hatte seine Geliebte und ihr ungeborenes Kind einfach im Stich gelassen und keinen Versuch unternommen, ihnen ihre Freiheit zu erkaufen oder ihnen zur Flucht zu verhelfen. Einige Monate später war Sadira in Tithians Gladiatorengruben geboren worden, und dort war sie auch aufgewachsen.

Es war nicht der Ort, an dem sie auch sterben wollte. Nachdem die Wächter gegangen waren, wartete sie einige Minuten und suchte dann nach einer Fluchtmöglichkeit. Den Knebel konnte sie ziemlich leicht loswerden. Die Halbelfin legte einfach den Kopf auf eine Seite und rieb ihr Kinn mehrere Male gegen ihre Schulter. Der Stoffstreifen um ihren Mund glitt über das Kinn hinab und blieb um ihren Hals hängen, während sie den Knebel ausspie.

Als nächstes versuchte sie, ihre Hände zu befreien. Wären sie nicht auf ihrem Rücken zusammengebunden gewesen, dann wäre es einfach gewesen, an dem Seil zu nagen, bis es sich löste. Aber bevor sie dies tun konnte, mußte sie ihre Hände irgendwie vor ihren Körper bekommen. Sie versuchte, ihre gefesselten Händen den Rücken hinab und über ihre Füße nach vorne zu führen, aber ihre Arme waren zu kurz. Sie belastete nur unnötig ihre bereits schmerzende Schulter.

In der Erkenntnis, daß der enge Schacht es ihr niemals erlauben würde, dieses erste Manöver auszuführen, begann sie, ihre Handgelenke hinter ihrem Rücken gegeneinander zu bewegen. Mit der Zeit, und sie vermutete, daß sie davon reichlich hatte, würde sie vielleicht in der Lage sein, den Knoten zu lösen oder die Fesseln weit genug zu dehnen, um mit einer Hand herausschlüpfen zu können. Die Bewegung zog sofort die Eidechsen an. Innerhalb weniger Augenblicke berührten die glitschigen Reptilien von den Ellenbogen abwärts jeden Zentimeter von Sadiras Haut. Sie wanden sich mit immer heftigeren Bewegungen über ihren Arm, wobei ihre Schuppen laut raschelten. Die Halbelfin ignorierte sie und bewegte ihre Hände weiterhin vor und zurück. Plötzlich fuhr ein scharfer Schmerz durch Sadiras Ellenbogen. Als sie ein warmes Rieseln an ihrem Arm spürte, erkannte sie, daß eines der Wesen sie gebissen hatte. Dutzende rauher, kleiner Zungen leckten an dem Blut, und dann spürte sie ein weiteres Zwicken an der Außenseite ihres Unterarms. Beide Wunden bluteten stärker als normal, und die Erregung der Eidechsen nahm zu, wobei sie das Silo mit einem sanften, ständigen Summen erfüllten. Die Halbelfin begann zu fürchten, daß ihre Bemühungen, sich zu befreien, die Reptilien in einen Freßrausch treiben würden.

Während sie ihr aufsteigendes Ekelgefühl bekämpfte, bearbeitete Sadira weiterhin die Fesseln. Sie überlegte, ob sie die Eidechsen zu ihrem Vorteil benutzen und versuchen konnte, sie ihre Fesseln durchbeißen zu lassen. Unglücklicherweise schienen sie aber mehr daran interessiert zu sein, Blut zu lecken, als ihr auf diese Art zu helfen.

Bald begannen ihre Handgelenke an den Stellen, wo die Fesseln einschnitten, zu schmerzen, und noch mehr warmes Blut lief über ihre Hände. Die kleinen Reptilien drängten zu der neuen Nahrung. Einige krochen sogar in den engen Spalt zwischen ihren gefesselten Händen. Sie stöhnte angewidert und preßte ihre Handflächen zusammen, wodurch es ihr gelang, zwei der widerlichen Wesen zu zerquetschen. Ihre Körper platzten mit weichem Knall auf und bedeckten ihre Handflächen mit kühlem Schleim.

Als sie bemerkte, wie glitschig dieser Schleim war,

erkannte Sadira, daß er ihr bei der Befreiung ihrer Hände vielleicht helfen würde. Während der nächsten Minuten fuhr sie damit fort, ihre brennenden Handgelenke vor und zurück zu bewegen. Und als sie weiter bluteten, ließ sie noch mehr Eidechsen zwischen ihre Hände kriechen und zerquetschte sie dann. Immer wieder versuchte sie, ihre Hände freizubekommen, stellte aber fest, daß die Stricke noch zu fest saßen. Die Reptilien bissen sie weiterhin in die Arme und leckten an den Wunden um die Fesseln herum. Sie zerdrückte mehrere von ihnen mit einem Unterarm an der Mauer. Bald waren ihre Hände und Arme mit einer Mischung aus ihrem eigenen warmen Blut und kühlem Eidechsenschleim getränkt.

Sadira versuchte erneut, ihre Hand freizubekommen. Dieses Mal entglitt die rechte Hand ihrer Schlinge. Ihr leiser Freudenschrei hallte von den Ziegelsteinwänden des Silos wider, aber sie beruhigte sich, daß er außerhalb wohl kaum gehört worden war. Die Halbelfin nahm ihre Hände sofort nach vorne und wischte die Eidechsen von ihren blutigen Armen. Mangels besserer Möglichkeiten säuberte sie ihre Hände, so gut es ging, an ihrem Kittel. Dann entfernte sie die Eidechsen aus ihren Haaren. Sie machte sich nicht die Mühe, etwas gegen die zu unternehmen, die über ihre Beine krochen, denn es waren zu viele, und keine davon schien sie beißen zu wollen.

Schließlich bereitete sich Sadira darauf vor, den ersten Fluchtzauber heraufzubeschwören. Anstatt ihre Handfläche gen Boden zu richten, um die benötigte Kraft herbeizurufen, richtete die Zauberin sie auf die Wand. Da sie sich unter der Erde befand, bestand keine Notwendigkeit, die Energie von unten hervorzuziehen, um sie anzurufen.

Nachdem sie die Woge der Macht in ihrem Körper spürte, nahm Sadira eine kleine Kugel aus Spinnweben von der

Wand, legte sie sich unter die Zunge und formulierte dann den Zauberspruch. Als die Kugel aus Spinnweben aus ihrem Mund verschwand, wußte sie, daß ihr Zauber funktioniert hatte und sie in der Lage sein würde, die Wände so leicht hinaufzuklettern wie eine Eidechse. Die Halbelfin legte die Fingerspitzen an die Wand und zog sich aufwärts. Ihr Körper hob sich vom Boden ab, als sei er so leicht wie ein Seidenfaden.

Die Zauberin stieg schnell zum oberen Rand des Silos empor, wobei sie bei jeder Bewegung ein scharfes Zischen verursachte. Obwohl ihre Knie und Schultern von dem Sturz in die Zelle schmerzten, schien ihr Körper so leicht zu sein, daß sein Gewicht ihnen keine unnötige Anspannung abverlangte.

Sadira hielt am oberen Rand der engen Zelle inne, um einige Eidechsen von ihren Beinen zu nehmen und wischte die restlichen dann fort. So leicht an der Wand hängend, als stünde sie auf einer Leiter, beschwor sie die Energie für einen weiteren Zauber herauf, atmete dann tief ein und begann die Steinplatte, die das Silo bedeckte, anzustoßen. Sie versuchte nicht, sie zur Seite zu schieben. Die Zauberin hoffte vielmehr, die Aufmerksamkeit der Wächter zu erregen und sie dazu zu bringen, dem Geräusch nachzugehen.

Sie mußte nicht lange warten. Nach wenigen Minuten begann die Fliese beiseite zu gleiten, und ein Streifen scharlachroten Lichts erschien über ihrem Kopf. Sadira zog sich ein kurzes Stück die Wand hinab znd wartete dann darauf, daß sich der Einlaß vollständig öffnete.

Das erste, was in dem breiter werdenden Lichtstreifen sichtbar wurde, war die Obsidianspitze eines Speeres. Obwohl das Licht ihren Augen weh tat, zwang sie sich, nicht fortzuschauen. Als die undeutliche Silhouette eines Wächters am anderen Ende des Speeres Gestalt annahm, hob

Sadira ihm die Eidechsen, die sie von ihren Beinen genommen hatte, entgegen und formulierte ihren Zauberspruch.

Sie beendete ihn mit einem Nachsatz: »Denkt darüber nach, wenn Ihr das nächste Mal ein hübsches Mädchen hier herunterwerft.«

Als sie den Zauber entließ, hatten sich die sich windenden Eidechsen auf ihrer Hand in Tentakel verwandelt, jeder zehn Fuß lang und so schwarz wie das Silo, aus dem sie gekommen waren. Sie schossen wie Pfeile aus ebenholzfarbenem Licht von Sadiras Hand direkt auf das Gesicht des Wächters zu. Er ließ seinen Speer fallen und schrie überrascht auf, aber die schwarzen Glieder erstickten seinen Schrei, als sie sich um sein Gesicht und seinen Nacken wikkelten. Er stolperte davon, rang nach Luft und zerrte verzweifelt an den Tentakeln, die ihm den Hals zuzogen.

Wenn ihr Mentor Ktandeo, ein streitsüchtiger, alter Mann, sie den Zauber hätte benutzen sehen, hätte er sie sicherlich verurteilt. Er hatte ihr verboten, Magie solcher Macht zu erlernen oder gar zu gebrauchen. Diese Art von Zauber erforderte das Anziehen von Energie aus weitem Umkreis. Wenn der Umkreis zu klein war, würde die von dem Zauber angerührte Vegetation sterben. Ktandeo glaubte, daß die Halbelfin ihre Kunst noch nicht gut genug beherrschte, um solche Meisterstücke zu versuchen. Sadira dachte anders darüber, und so hatte sie während ihres letzten heimlichen Besuches diesen Zauber und einige andere heimlich aus seinem Zauberbuch kopiert. Im Moment war sie froh, daß sie es getan hatte.

Die Zauberin stieg zum oberen Rand der Wand auf. Ein zweiter Wächter, der einen gezogenen Dolch umklammerte, schaute über den Rand des Silos. Es war keine Zeit mehr, einen anderen Zauber heraufzubeschwören, daher griff Sadira nach oben und packte ihn am Kragen.

»Kommt her«, sagte sie und zog, so fest sie konnte, an seinem Gewand. »Hier unten ist etwas, was Ihr sehen solltet.«

Der überraschte Wächter schoß vorwärts und hob sein Messer, um auf Sadiras Arm einzustechen. Die Halbelfin ließ ihn schnell los und zog ihren Arm zurück. Aber auch der Gegenschlag des Mannes konnte ihn nicht mehr retten. Er hatte sich bereits so weit vorgelehnt, daß er sein Gleichgewicht nicht zurückerlangen konnte. Er schrie entsetzt auf, und sein Dolch fiel klappernd zu Boden. Der Wächter selbst folgte einen Moment später und fiel kopfüber in die Dunkelheit, während er sich mit den Händen verzweifelt an den Ziegelsteinen festzukrallen versuchte, um seinen Fall aufzuhalten. Einen Augenblick später traf er auf dem Boden auf. Das scharfe Krachen und eine Reihe anderer Geräusche verrieten Sadira, daß sie sich über diesen Gefängniswärter keine Gedanken mehr zu machen brauchte.

Sie kletterte aus dem Silo heraus und nahm den Speer des ersten Wächters auf. Er kämpfte noch immer gegen die magischen Tentakel, die sich um seinen Kopf gewickelt hatten. Obwohl er kaum in der Lage sein würde, sie am Fortgehen zu hindern, trat sie neben ihn und legte den Speer an seine Rippen.

»Das ist für all die Sklaven, die nicht herausklettern konnten«, sagte sie und preßte den Speer fester auf den Punkt.

Der Wächter hörte auf zu kämpfen und wandte sein von Tentakeln bedecktes Gesicht in ihre Richtung. »Nein. Bitte!« keuchte er, obwohl er sich durch seine zusammengepreßte Kehle kaum verständlich machen konnte. »Ich... habe... Kinder...«

»Die hatte meine Mutter auch«, antwortete Sadira.

Sie legte all ihr Gewicht auf den Schaft und trieb die Spitze tief in das Herz des Mannes. Ein kurzer Schmerzensschrei entwich seinen Lippen, und sein Körper zitterte. Kurz darauf fiel er bewegungslos zur Seite. Blut begann aus der Wunde zu sickern. Nachdem sie den Dolch und den Gürtel des Wächters an sich genommen hatte, zog Sadira seinen Körper zum Silo hinüber. Sie warf ihn auf seinen Partner, ohne sich die Mühe zu machen, den Speer aus seinem Herzen oder die Tentakel von seinem Kopf zu ziehen. Als sie die Steinplatte wieder über den Schacht schob, beschäftigten sich ihre Gedanken bereits mit der nächsten Phase ihrer Flucht. Sadira band sich den Gürtel und den Dolch des Wächters um die Taille und zupfte dann einige Fäden der Eidechsennetze von ihrem Kittel. Sie formte diese Fäden zu einer kleinen Kugel, riß dann eine Wimper aus ihrem Augenlid und verschloß sie in der seidigen Kugel. Die Handfläche auf den Boden richtend, beschwor sie Energie für einen weiteren Zauber herauf. Während sie die Worte ihrer Zauberformel sprach, rollte sie die Kugel zwischen ihren Fingern hin und her.

Die Fäden und die Wimper verschwanden. Die Halbelfin hob ihre Hand und bewegte sie vor ihren Augen hin und her. Sie war, wie ihr ganzer Körper, unsichtbar geworden.

Hastig verließ die Zauberin den Brecher. Ihr blieb nur wenig Zeit, bevor ihr Zauber wieder verfliegen würde. In dieser Zeit mußte sie zu ihrer Lehmziegelzelle gelangen und ihr Zauberbuch unter dem losen Stein, unter dem sie es verborgen hatte, hervorholen. Danach würde sie die Ländereien verlassen. Sie würde einfach durch das Tor spazieren, unter den Nasen der Wächter vorbei, die sie und ihre Mitsklaven auf dem Anwesen zu halten hatten. Und sie hoffte, die Mauern der Gladiatorengruben Fürst Tithians weit genug hinter sich gelassen zu haben, wenn ihre Magie nachließ.

Obwohl sie sich gern von Rikus' Zustand überzeugt hätte, wußte sie, daß ein derartiger Abstecher zu viele Gefahren in sich barg, denn die Wächter und Heiler waren sicherlich alle um ihn. Sie mußte einfach auf die naturgegebene Zähigkeit des Mul vertrauen und hoffen, daß er so lange überleben würde, bis sie Hilfe von der Verschleierten Allianz herbeigerufen hatte.

Alte Freunde

In einer entlegenen Ecke seiner Ländereien saß Agis von Asticles am Rande des trüben Wasserbeckens, das das Wasser für sein karges Land lieferte. Auf der entgegengesetzten Seite des kupferfarbenen Teichs marschierte ein Dutzend Sklaven endlos im Kreis herum, wobei sie vier Querhölzer anstießen, die ein quietschendes Wasserrad bewegten und den kleinen Teich mit bitterem Brunnenwasser füllten. Nach jeweils fünfzig Umdrehungen wurden zwei der Sklaven von zwei anderen ersetzt, die sich bis dahin im Schatten eines nahe gelegenen Häuschens ausgeruht hatten.

Das Wasserrad anzutreiben war für zwölf gesunde Sklaven eigentlich nicht besonders anstrengend, aber die scharlachroten Strahlen der Sonne schnitten durch den Nachmittagsdunst wie Feuerlanzen. Diese Stunden des Tages waren ein unerträgliches Inferno, eine Zeit, in der Männer einfach beim Gehen zusammenbrachen und unter der schweren Anstrengung andere töteten. Trotzdem mußte das Wasser weiter fließen, und daher mußten die Sklaven das Rad weiterhin drehen.

Anders als die Sklaven mußte Agis den heißesten Teil des Tages nicht unter dem scharlachroten Zorn der Sonne verbringen. Und doch verbrachte der kräftige Adlige die meisten Nachmittage genau dort, saß mit untergeschlagenen Beinen auf dem trockenen Boden, und sein langes, schwarzes Haar bauschte sich unter gelegentlichen Windstößen. Gewöhnlich waren seine braunen Augen auf die trüben Wasser seines Teiches gerichtet und starrten in unheimlichem Brüten unter seinen dunklen Brauen hervor. Oft bestand das einzige Anzeichen dafür, daß er lebte, in einem Vibrieren der Flügel seiner aristokratischen Nase. Sein Mienenspiel blieb völlig ausdruckslos, seine starken, sehnigen Arme absolut reglos, und seine massige Gestalt bewegte sich niemals.

Wie alle ernsthaften Schüler des Weges waren für Agis extreme Empfindungen, wie beispielsweise das Erdulden der marternden Mittagssonne, hilfreich für seine Meditationen. Nur wenn er am Rande unerträglicher Qual oder unvorstellbarer Freude schwebte, wurden sein Bewußtsein und sein Geist eins, und er empfand die ungeheure Kraft von physischer Form und seinem Geist als so makellos zusammengefügt, daß er nicht sagen konnte, wo eines endete und das andere begann. In diesen Momenten erkannte er die großartige Wahrheit des Seins: daß die Energie und die Vitalität des Körpers nicht ohne das ihm Form und Realität gebende Bewußtsein und den allem eine höhere Bedeutung verleihenden Geist existieren konnte.

Es war dieses einfache Prinzip, das dem Innersten aller paranormalen Kraft innewohnte. Das Individuum, das dies wahrhaft erkannte, konnte die sein eigenes Dasein beeinflussenden mystischen Energien anrühren und damit gestalten, was auch immer es wollte, wodurch ihm Fähigkeiten verliehen wurden, die ebenso unglaublich wie rätselhaft waren.

Unglücklicherweise vergab der Weg seine Gaben nicht leichthin. Er forderte einen hohen Preis von jenen, die ihn benutzten, verlangte Ergebenheit und Entfaltung des Wissens. Für einen Schüler des Weges kam die Erleuchtung am häufigsten in Zeiten physischer Extremsituationen, wie auch während Perioden vollständiger Erschöpfung oder furchtbarer Qual. Darum verbrachte Agis, wie die meisten

Praktiker der paranormalen Künste, mehrere Stunden pro Tag unter erheblichen Belastungen, während er über die Einheit von Körper, Bewußtsein und Geist nachsann. Üblicherweise wählte er als Ort für seine Meditationen das abgelegene Ufer seines Bewässerungsteiches.

An diesem besonderen Tag war sein geistiges Auge auf etwas mehr als hundert Meilen Entferntes gerichtet, auf einen oft erinnerten Ort – eine Oase, die er als junger Mann besucht hatte. Im Gegensatz zu dem trüben Wasserbecken seiner eigenen Ländereien glitzerte das Wasser des Teiches dieser Oase blau und klar. Er war umgeben von den wogenden Formen mit Damaszenerpflaumen gekrönter Chiffon-Bäume und ächzender Rohre schwarzuntergliederten Riedgrases. Über dem Wald hingen die beiden goldenen Monde von Athas, Ral und Guthay, die durch die klare Weite eines olivfarbenen Himmels vom blutigen Glanz der aufsteigenden Sonne ausgeschlossen waren.

Obwohl er zweihundert Meilen offener Wüste durchqueren wollte, reiste Agis leichten Herzens. Über seinen Rücken war nur ein Wasserschlauch geschlungen, in der Hand trug er einen hölzernen Wanderstab, und an seiner Taille hing ein Stahlschwert mit lederumwickeltem Heft. Er hatte gerade von einem vorbeiziehenden Karawanentreiber erfahren, daß seine ältere Schwester, die Erbin des Familiennamens der Asticles, in Tyr ermordet worden war.

Laß die Geister des Landes dich geleiten, mein Lieber.

Das waren die Worte von Durwadala, der Druidin des Waldes. Sie sprach nicht wirklich, denn sie hatte geschworen, die Musik des Windes niemals zu unterbrechen, und bewegte statt dessen ihre vier Arme in einem komplizierten Muster von Gesten, die ihr und Agis als Sprache dienten. Sie maß fast sieben Fuß und trug einen grauen Rückenschild, der ihren ganzen Körper bedeckte. Ihr Gesicht war schmal und chitinartig, mit großen, facettenreichen Augen. Ein Paar kleiner Kiefer diente ihr als Mund.

Ihr habt mich gut unterrichtet, antwortete Agis, indem er mit seinen Armen Durwadalas Sprache unbeholfen nachahmte. *Eure Worte werden immer in meinem Herzen sein.*

Das ist ein seltsamer Ort, um Worte zu bewahren, Agis, bemerkte sie. *Du solltest sie besser in deinem Kopf bewahren, wo sie etwas nützen können.*

Agis unterdrückte ein Lachen, denn er wußte, daß ein solches Geräusch Durwadala aufgeregt hätte. *Ich werde sie sowohl in meinem Herzen als auch in meinem Kopf bewahren,* versprach er.

Die Druidin betrachtete Agis einige Augenblicke lang und berührte dann sein Gesicht mit einem ihrer Fühler. *Geh mit dem Wind,* sagte sie und entschwand in den Wald. Ihr Rükkenschild wechselte sofort die Farbe und das Muster, um sich den schwarzen und goldenen Stengeln des Riedgrases anzupassen. *Die Bäume werden sich an dich erinnern.*

Als Durwadala mit dem Unterholz verschmolz, verließ Agis allmählich seine Meditation. Er empfand ein ruhiges, aber auch leeres Gefühl, und zwar an dem Punkt, wo die mystischen Energien des Bewußtseins, des Körpers und des Geistes zusammenliefen. Langsam schloß er seine brennenden Augen und wurde sich allmählich seiner geschwollenen Zunge und des trockenen, bitteren Geschmacks des Durstes bewußt. Wie immer fühlte er sich benommen und schwach von den ersten Anzeichen eines Hitzschlages.

»Caro?« rief Agis und konzentrierte sich wieder auf das trübe Wasser seines kleinen Beckens. »Ich bin bereit für mein Wasser.« Er wandte sich um und erwartete einen der Zwerge, die ihm dienten, in der Nähe zu sehen. Aber anstelle des runzligen Gesichts des alten Dieners erblickte Agis einen schlanken Mann in der schwarzen Soutane eines

Templers. Seine Gesichtszüge waren scharf und knochig, und sein langes, kastanienbraunes Haar war zu einem Zopf zusammengenommen. Tiefe Linien waren um seine gefurchten Brauen eingegraben, und er hatte breite, wulstige Lippen, die ihm den Anschein gaben, als sei er ständig schlechter Laune.

Der Templer trat vor und bot Agis das verlangte Wasser dar. »Nun, wie steht es mit dem Weg, alter Freund?«

»Tithian?« rief Agis aus. Er blinzelte zweimal und schüttelte den Kopf, denn er fürchtete, sich in der Meditation verloren zu haben und noch zu träumen. Als das Bild des Hochtemplers jedoch blieb, stand der Adlige auf und trat ihm entgegen.

»Wie hast du mich hier gefunden?« fragte Agis. Er schaute über Tithians Schulter und erwartete, eine Handvoll überraschter Wächter oder zumindest Caros aufgeregtes Gesicht zu sehen.

Tithian grinste über Agis' Überraschung. »Mach deinen Sklaven keinen Vorwurf«, sagte er. »Ich habe meine Verwaltung bemüht, herauszufinden, wo du dich aufhältst.«

Agis runzelte die Stirn. Nicht einmal Tithian hätte es gelingen dürfen, sich unangemeldet an ihn heranzuschleichen. Er würde bei der ersten Gelegenheit mit Caro über das Pflichtversäumnis sprechen. »Wie lange habe ich dich warten lassen?«

»Zu lange«, erwiderte Tithian und blinzelte in den grünen Dunst des Himmels. »Du mußt das Begehen des Weges ziemlich gut beherrschen. Deine Konzentration ist beeindruckend.«

Agis nahm das Wasser aus Tithians Hand entgegen. »Man kann das Bewußtsein nicht beherrschen, bevor man nicht den Körper beherrscht.«

Der Hochtempler rollte mit den Augen. »Ich erinnere

mich, das wieder und wieder gehört zu haben«, sagte er. »Für mich sind die paranormalen Künste mit zuviel Arbeit verbunden.« Er griff unter sein Gewand und brachte einen Keramikkrug für Wein zum Vorschein. »Ich habe mir die Freiheit genommen, deine Diener zu bitten, mich mit einer Erfrischung zu versorgen«, sagte Tithian. »Ich hoffe, du hast nichts dagegen.«

»Nicht im geringsten«, antwortete Agis und beobachtete das Gesicht seines Gastes, um einen Hinweis auf den Zweck seines Besuches zu finden. Obwohl Tithian und er sich seit ihrer Jugendzeit kannten, war er es nicht gewohnt, den Hochtempler ohne Ankündigung zu empfangen, besonders nicht während seiner Meditationen. »Ist es nicht etwas zu heiß, um durch die Gegend zu wandern, Tithian?«

Tithian antwortete nicht, sondern trank erst einmal direkt aus dem Krug und schmatzte dann zufrieden. »Ich habe heute morgen die beeindruckendste Darbietung paranormaler Kunst gesehen. Der König hat entdeckt, daß jene, die den Schleier tragen, eine Anzahl von Amuletten in seiner Zikkurat versteckt haben.«

»Die Verschleierte Allianz?« fragte Agis. »Waren die Amulette magisch?«

Der Hochtempler sagte mürrisch: »Ja, magisch. Ich vermute, daß sie dazu dienen sollten, die Arbeit an der Zikkurat zu verzögern, obwohl ich sie nicht so deutlich gesehen habe.«

»Du würdest es mir sicherlich auch nicht erzählen, wenn es so wäre.«

Tithian führte seine Geschichte fort, ohne auf Agis' Frage einzugehen. »König Kalak war wegen dieser Angelegenheit höchst verärgert über Dorjan.« Der Templer hielt inne. »Er hat sie aus sich selbst heraus verbrannt.«

»So sollte der Weg nicht gebraucht werden«, protestierte

Agis. Tithian lächelte. »Das kannst du Kalak erzählen. Ich werde es nicht tun.«

»Ich bin nur ein Senator«, sagte Agis, lächelte und schüttelte den Kopf. »Also wirst du es doch tun müssen. Du bist der Hochtempler.«

Der Scherz schien zu ungunsten von Tithian verlaufen zu sein, woraufhin der sein Gesicht verzog und erwiderte: »Ich bin der Hochtempler, wie du schon sagtest. Aber ich bin jetzt nicht nur der Hochtempler der Spiele, sondern auch der der Werkstätten des Königs.«

Agis runzelte die Stirn. Tithians Unbehagen über diese Ernennung, die der Senator immer für eine gute Nachricht angesehen hätte, verwirrte ihn. Die Templer dienten dem König sowohl als Verwalter als auch als Geistliche. Sie führten alle Aufgaben aus, die die Stadt und ihre Bürger betrafen, nämlich Steuern einzutreiben, auf den Straßen für Ordnung zu sorgen, öffentliche Arbeiten zu überwachen und die Stadtwache zu befehligen. Sie zwangen das gemeine Volk auch, Kalak als gottähnlichen Hexenkönig zu verehren, durch dessen Gunst es der Stadt erlaubt war, zu existieren. Als Gegenleistung für ihre Verehrung stattete der König die Templer mit der Fähigkeit aus, einen gewissen Anteil seiner Magie zu gebrauchen und sicherte ihnen ein großzügiges Einkommen, obwohl es ihnen freistand, dieses durch Bestechung und Erpressung noch zu verbessern.

»Das sind zwei sehr mächtige Positionen«, sagte Agis. »Ich hätte gedacht, daß du erfreut bist.«

Tithian begegnete Agis' Blick, und zum ersten Mal, soweit sich der stattliche Senator erinnern konnte, schimmerten in den Augen seines Freundes erste Anzeichen von Angst. »Ich wäre es... wenn ich nicht die Zikkurat in drei Wochen fertigstellen und außerdem die Amulette finden müßte, die die Verschleierte Allianz darin versteckt hat!«

»Sicherlich wirst du mit der Magie des Königs, die du zur Verfügung hast, keine Schwierigkeiten haben, diese Aufgabe zu erfüllen.«

Der Hochtempler runzelte die Stirn. »Glaubst du wirklich, daß es so einfach ist?« fauchte er. »Einen Zauber heraufzubeschwören und ein Amulett zu finden?«

Agis glättete den Sturm mit einer beruhigenden Geste, denn er kannte Tithian lange genug, um zu wissen, daß die Ausbrüche des Templers nur eine Gefahr für jene darstellten, die sich davon einschüchtern ließen.

»Ist es denn nicht so?« konterte er. »Ich dachte, deshalb würden die Leute Zuflucht zur Magie nehmen.«

»Es ist schwerer, als es aussieht«, erwiderte Tithian mürrisch. »Außerdem habe ich es versucht. Die Amulette sind durch paranormale Schilde und Gegenzauber geschützt. Meine Leute versuchen, diesen Schutz zu durchbrechen, aber wenn es ihnen nicht gelingt, wird die einzige Möglichkeit, die Amulette zu finden, vielleicht darin bestehen, die Zikkurat Ziegelstein für Ziegelstein abzureißen.«

»Aber du sagtest, die Amulette seien nur störend?«

Der Hochtempler schien etwas sagen zu wollen, schwieg dann aber.

Da er keine anderen Vorschläge anzubieten hatte, verhielt sich Agis ruhig und versuchte herauszufinden, warum sich Tithian gerade diesen Nachmittag ausgesucht hatte, um ihn zu besuchen. Wenn dieser Gast irgendein anderer Freund gewesen wäre, dann hätte der Adlige angenommen, daß der Besucher einfach gekommen war, um ein offenes Ohr zu finden. Der Hochtempler aber war ein einsamer Mensch, der seine Sorgen oder Freuden niemals mit seinen Freunden teilte. Wenn Tithian ihm dies alles jetzt erzählte, gab es vermutlich einen Grund dafür.

»Wenn du möchtest, daß ich etwas wegen der Amulette

unternehme, dann solltest du mir wirklich ein wenig mehr über sie erzählen«, sagte Agis schließlich. Er hatte beschlossen, auf alle Informationen zu drängen, die er bekommen konnte.

»Du?« fragte Tithian. »Was kannst du tun?«

»Bist du nicht deshalb gekommen?« fragte Agis. »Ich nehme an, daß du gekommen bist, um zu erörtern, daß der Senat gebeten werden sollte, die Initiative gegen die Verschleierte Allianz zu unterstützen.«

Der Hochtempler lachte. »Was veranlaßt dich zu der Annahme, daß sich Kalak um die Unterstützung des Senats kümmern würde?«

Tithians Antwort traf einen wunden Punkt. Der Senat der Fürsten war eine Versammlung adliger Berater, die die Befugnis haben sollten, die Erlasse des Königs aufzuheben. Tatsächlich hatte die Körperschaft nur scheinbare Machtbefugnis, denn Senatoren, die gegen den König opponierten, erlitten ohne Ausnahme einen sofortigen und rätselhaften Tod.

»Vielleicht sollte der König damit anfangen, sich um die Unterstützung des Senats zu kümmern«, sagte Agis und sprach damit vor seinem alten Freund offener, als er es jedem anderen Templer gegenüber getan hätte. »Er hat die Adligen mit seinen Steuermaßnahmen fast in den Ruin getrieben, um seine Zikkurat bauen zu können, und er hat es noch immer nicht für nötig gehalten, dem Senat mitzuteilen, warum er sie eigentlich errichten läßt!«

Der Hochtempler wandte den Blick ab und deutete mit seinem Krug über Agis' Ländereien. »Können wir zu deinem Haus zurückgehen? Ich bin es nicht gewohnt, in der Sonne herumzustehen.« Ohne eine Antwort abzuwarten, ging er mit langsamem, gleichmäßgem Schritt davon.

Agis folgte ihm und drängte weiter. »Die Karawanenführer behaupten, der Drache käme nach Tyr, und der König ignoriert unsere Bitten, ein Heer aufzustellen.«

»Du willst mir doch nicht erzählen, daß du all diesen Unsinn über den Drachen glaubst, Agis?«

Der Drache war der Schrecken aller Reisenden, ein schreckliches Monster der Wüste, das regelmäßig ganze Karawanen auslöschte. Bis vor kurzem hatte Agis geglaubt, er sei nicht mehr als ein Mythos und hatte Geschichten über dieses Wesen, das Heere verschluckt und ganze Städte verwüstet haben sollte, als phantasievolle Erfindungen abgetan. Während der letzten Monate, als nüchterne und vertrauenswürdige Männer begonnen hatten, über ähnliche Eindrücke zu berichten, die sie in ständig abnehmender Entfernung von Tyr gehabt hatten, hatte er seine Meinung jedoch geändert.

Agis erklärte daher: »Ich denke, der König wäre gut beraten, die Bedrohung ernst zu nehmen. Er sollte aufhören, sein Geld und seine Arbeitskräfte für die Zikkurat zu verschwenden, und anfangen, sich auf die Verteidigung unserer Ländereien und seiner Stadt vorzubereiten.«

»Wenn er an den Drachen glauben würde, würde er sicher genau das tun«, erwiderte Tithian.

Sie erreichten die Kuppe des Hügels, der das Wasserbekken von dem Rest von Agis' Ländereien abschirmte. Unter ihnen erstreckten sich grüne Felder mit hohen Faros, den Zwergkaktusbäumen, die von vielen der Adligen Tyrs als leicht verkäufliches Produkt gezüchtet wurden. Ein Faro wurde fast so groß wie ein Mann und hatte eine Handvoll schuppiger Stengel, die sich zu einer verfilzten Krone nadelbedeckter Zweige erhoben. Die Felder wurden in regelmäßigen Abständen kreuz und quer von einem Netzwerk schlammiger Bewässerungsgräben durchzogen. In der Mitte der Ländereien lag der ererbte herrschaftliche Wohnsitz der

Asticles, dessen Marmorkuppel die Gestalt der fernen Berge widerspiegelte, die das Tal von Tyr umgaben.

»Was ist dein Geheimnis, mein Freund?« fragte Tithian, der stehengeblieben war, um einen bewundernden Blick über Agis' üppige Felder schweifen zu lassen. »Jeder andere kann lediglich ein paar Hundert Scheffel Nadeln im Jahr produzieren, aber deine Ländereien strotzen vor Fruchtbarkeit.«

Agis lächelte über das Kompliment. »Es hat nichts mit einem Geheimnis zu tun«, sagte er. »Ich habe einfach bei einer Druidin meine Lektion gelernt.«

»Und was hast du gelernt?« fragte Tithian.

»Behandele das Land gut, dann speist du gut. Mißbrauche es, dann verhungerst du.«

Agis deutete auf die lohfarbene Ebene trockenen Staubes und Sandes, die sich jenseits der Grenzen seiner Ländereien erstreckte. »Wenn jedermann dieser einfachen Regel folgen würde, wäre das restliche Tal von Tyr genauso üppig bewachsen wie meine Ländereien.«

»Vielleicht solltest du mitkommen und diese Entdeckung Kalak mitteilen«, erwiderte Tithian, wobei sein spöttischer Tonfall verriet, daß er das, was Agis ihm erzählt hatte, für wenig glaubhaft hielt. »Ich bin sicher, daß er an einem solchen Wunder interessiert wäre.«

»Das bezweifle ich«, erwiderte der Adlige. »Kalaks einziges Interesse an dem Tal ist, ihm auch noch die letzte Unze magiespendender Lebenskraft zu entziehen, ohne Rücksicht darauf, was er dem Land damit antut.«

»Vergiß nie, zu wem du solche Dinge sagst, mein Freund«, sagte Tithian. »Diese Bemerkung grenzt an Verrat.«

Mit dem Keramikkrug in der Hand ging Tithian den engen Pfad hinab, der auf das Herrenhaus der Ländereien zuführte. Während sie den Hügel hinabstiegen, wunderte sich Agis, daß keine Sklaven auf seinen Feldern zu sehen waren. Es stimmte, daß er sie überwiegend in den relativ kühlen Stunden des Morgens und des Abends arbeiten ließ, aber sogar in der Hitze des Nachmittags hätten zumindest einige wenige Männer auf den Feldern sein sollen, um die Bewässerungsgräben zu überwachen und Stauungen zu beseitigen. Er nahm sich vor, mit Caro darüber zu sprechen, wenn er zum Haus zurückkam, und wandte dann seine Gedanken wieder dem zu, was er vielleicht von Tithian erfahren könnte.

»Vor einer Woche hat ein Bote aus Urik eine Kriegsdrohung überbracht, falls wir die Lieferung von Eisen nicht wieder aufnähmen«, sagte Agis und brachte damit ein Thema zur Sprache, von dem er wußte, daß der Templer es nicht leichtfertig würde abtun können. »Aber wir können es nicht tun, weil Kalak die Sklaven aus der Mine abgezogen hat, damit sie an seiner Zikkurat mitbauen. Wie lange will der König eigentlich die Probleme der Stadt ignorieren?«

Tithian blieb stehen und sah Agis an. Sie waren jetzt von verfilzten Farozweigen umgeben. »Wie hast du die Sache mit dem Boten herausgefunden?« fragte der Templer, der jetzt eindeutig erschrocken war.

»Wenn die Hochtempler Spione im Senat haben«, antwortete Agis gleichmütig, »dann ist anzunehmen, daß der Senat auch Spione in der obersten Verwaltung hat.«

Die Wahrheit bei dieser Angelegenheit war, daß der Senat jahrelang versucht hatte, einen Späher in die Amtsräume des Königs zu entsenden, wo, ob sie es nun gern zugeben wollten oder nicht, die wahre politische Macht über Tyr ausgeübt wurde. Unglücklicherweise war es ihnen stets mißlungen. Agis versuchte einfach, ein Gerücht bestätigt zu bekommen, das er von einem Karawanenhändler gehört hatte. Wenn es ihm gelänge, ein wenig Unruhe unter den Templern zu verbreiten, dann war das sicher gut.

»Wie hat Kalak denn auf die Drohung aus Urik reagiert?« fragte Agis.

Zur Überraschung des Adligen seufzte Tithian und senkte dann seinen Blick. »Er hat den Kopf des Boten mit einer Händlerkarawane zurückgesandt.«

»Was?« schrie Agis.

Tithian nickte grimmig.

»Versucht er etwa, einen Krieg anzuzetteln?«

Der Hochtempler zuckte die Achseln. »Wer weiß? Ich kann nur sagen, daß er sehr zufrieden mit sich selbst zu sein schien.«

Agis war von Tithians Offenheit fast genauso schockiert wie von den Neuigkeiten selbst. Normalerweise würde ein Hochtempler, besonders dieser, bei solchen Dingen Diskretion vorziehen. »Warum erzählst du mir das, Tithian?« fragte der Senator mißtrauisch. »Was willst du von mir?«

Tithian schien verletzt und antwortete nicht sofort. Statt dessen nahm er einen langen Schluck aus dem Krug und betrachtete dann einige Sekunden lang dessen Inhalt. Schließlich schaute er auf. »Ich vermute, daß ich dein Mißtrauen sogar verdiene, Agis«, sagte er. »Du mußt wissen, daß du der einzige Mann bist, den ich jemals als Freund betrachtet habe.«

»Das ist sehr schmeichelhaft, Tithian«, antwortete Agis vorsichtig, »aber es ist sehr ungewohnt, daß wir Vertraulichkeiten austauschen. Vergib mir, wenn ich skeptisch zu sein scheine.«

Tithian lächelte Agis an. »Glaube mir oder nicht, das macht keinen Unterschied. Es hat immer ein gewisses Band zwischen dir und mir gegeben, das die Wechselfälle unseres Lebens geknüpft haben. Und was noch wichtiger ist – du hast mich immer rücksichtsvoll behandelt, sogar wenn andere dies nicht getan haben.«

»Ich denke so lange nicht schlecht über jemanden, bis ich mich selbst vom Gegenteil überzeugt habe«, gestand Agis vorsichtig ein. »Und dennoch mußt du zugeben, daß dies das erste Mal seit unserer Kinderzeit ist, daß wir wahrlich von Freundschaft gesprochen haben.«

Weil die Ländereien ihrer Familien nahe beieinandergelegen hatten, waren Agis und Tithian als Freunde aufgewachsen. Sie waren sogar zusammen in der Lehre des Weges des Unsichtbaren unterrichtet worden, obwohl Tithian kein lernbegieriger Schüler gewesen war. Seine Trägheit und seine Widerspenstigkeit gegen den Lehrmeister und andere Schüler hatten ihm die Rolle eines Ausgestoßenen eingebracht, aber Agis' Freundschaft hatte standgehalten.

Später hatte Tithians Vater einen jüngeren Bruder zum Oberhaupt der Familie erklärt. Tithian war so zornig gewesen, daß er die letzte und entscheidende Klasse verlassen hatte und in die Reihen der Templer eingetreten war. Agis' Freundschaft hatte sogar dann noch standgehalten, als der jüngere Bruder unter mysteriösen Umständen gestorben war und jedermann Tithian verdächtigt hatte – zu Unrecht, wie der Senator meinte –, den Mord begangen zu haben, um die Kontrolle über die Familienländereien zu erlangen.

Obwohl ihre Freundschaft niemals wirklich beendet worden war, hatten sie sich im Laufe der Jahre entfremdet. Tithian war in den Rängen der Templer höher und höher gestiegen, während Agis die Ländereien seiner Familie geerbt hatte, und ihre Interessen waren zunehmend entgegengesetzt verlaufen. Schließlich war es einfach leichter gewesen, ihre enge Kameradschaft auslaufen zu lassen, als sie dadurch zu strapazieren, daß sie die Konflikte einfach zu umgehen versuchten.

Der Templer nippte an dem Wein in seinem Krug. Als er nach einigen Momenten immer noch nicht auf Agis' Beobachtung reagiert hatte, fuhr der Adlige vorsichtig fort: »Was brauchst du von mir?«

Tithians Gesicht umwölkte sich vor Ärger. Mehrere Momente lang sah er Agis hohnlächelnd an. Schließlich schleuderte er den Krug zu Boden. Er wurde auf dem harten Boden des Pfades in Dutzende von Scherben zerschmettert.

»Ich spreche im Namen des Königs!« stieß der Templer hervor. »Ich habe die Macht, mir alles zu nehmen, was ich von dir haben will.«

Agis wandte den Blick nicht von dem zerschmetterten Krug und fragte ruhig: »Warum ist unsere Freundschaft plötzlich so wichtig?«

Seufzend fuhr sich Tithian mit seinen weichen, edelsteingeschmückten Händen über das Gesicht. »Bei allem was geschieht«, sagte er, »möchte ich einfach sicherstellen, daß du weißt, wie ich empfinde.«

Als sei er durch seinen Gefühlsausbruch verwirrt, strebte der Hochtempler erneut dem Haus zu. Agis folgte ihm und fragte sich im stillen, ob er seinen Freund aus Kindertagen ungerecht behandelt hatte.

Wenige Augenblicke später blieb Tithian mitten auf dem Weg stehen. Die Augen auf den Faro am Weg gerichtet, griff er nach dem Dolch unter seinem Umhang. Agis folgte dem Blick des Templers und sah eine zwei Fuß lange Schnecke, die sich einen der Stämme hinaufmühte. Sie war mit grünen Schuppen bedeckt, die sie ausgezeichnet tarnten, und hatte einen langen, schlangenähnlichen Hals, der in einem schmalen Kopf mit einem Schnabel endete, der so scharf war wie ein Farodorn. Agis packte seinen Freund schnell am Arm. »Du mußt sie nicht töten.«

»Aber sie ist ein Fruchtschädling!« widersprach Tithian.

»Ich kann es mir leisten, einige Früchte zu verlieren.« Da Farobäume nur einmal in einem Jahrzehnt blühten, war jede der süßen Früchte eine Delikatesse, die fast genausoviel wert war wie der Baum selbst.

Tithian schüttelte den Kopf und sagte: »Wenn du so denkst, frage ich mich, wie du die Steuern für den König aufbringen kannst.«

»Wegen dieser Denkungsart kann ich es«, erklärte Agis. »Alle Dinge sind in einer Lebenskette miteinander verbunden. Wenn man eines der Bindeglieder zerstört, dann bricht die Kette.«

Tithian lachte höhnisch.

»Du hast zuvor eine Bemerkung über meinen Obstgarten gemacht«, sagte Agis. »Willst du einen der Gründe dafür erfahren, warum er so gut gedeiht?«

Der Templer hob eine Augenbraue.

Agis deutete auf die schuppige Schnecke. »Wenn der Schädling die Früchte frißt, frißt er auch die Samen. Während die Samen durch sein Inneres wandern, zerfressen die Magensäfte ihre äußere schwarze Hülle. Samen ohne schwarze Hülle sprießen aber zweimal so häufig wie Samen mit Hülle.«

»Woher weißt du das alles?« fragte Tithian.

»Ich habe eine Woche damit verbracht, Schädlingen zu folgen«, antwortete Agis mit einem verlegenen Lächeln.

»Sehr klug«, erwiderte der Hochtempler. »Sei versichert, daß dein Geheimnis bei mir sicher ist.«

»Erzähle es ruhig jedem, dem du es erzählen willst. Das wird den Preis der Faronadeln nicht tangieren«, sagte Agis. »Zu viele Leute verkaufen lieber heute ihre Früchte als morgen ihre Nadeln.«

»Das ist sicherlich wahr«, sagte Tithian. Er lächelte, steckte seinen Dolch wieder in die Scheide und wandte sich erneut dem Haus zu.

Agis folgte ihm.

»Du wärest nicht dahin gekommen, wo du heute bist, wenn du nicht genauso intelligent wie skrupellos wärst, Tithian«, sagte der Adlige diplomatisch. »Daher bin ich sicher, daß du dir bereits genau überlegt hast, wie du den Termin zur Fertigstellung der Zikkurat einhalten kannst.«

Tithian nickte und hob seinen Kopf so weit, daß er auf Agis' Haus schauen konnte. »Nun, ja, das habe ich.«

»Und dennoch, da du als Freund gekommen bist, scheint es nicht unangemessen, den Rat eines Freundes anzubieten«, sagte Agis.

Tithian hielt auf einer kleinen Steinplatte, die über einen Bewässerungsgraben führte inne und sah Agis aus den Augenwinkeln an. »Und was wäre das?«

»Behandele deine Sklaven so, wie du deine eigene Familie behandeln würdest«, antwortete Agis. »Nähre sie gut und gib ihnen einen warmen Platz zum Schlafen. Sie werden dann nicht nur kräftiger, sondern auch härter arbeiten.«

»Aus Dankbarkeit?« schmunzelte Tithian. Er schüttelte den Kopf und ging dann weiter. »Wenn du das glaubst, dann habe ich mir einen Narren zum Freund gesucht.«

»Hast du es versucht?«

»Agis, zu deinem eigenen Nutzen, hör mir zu«, sagte Tithian, wobei er über die Schulter sprach, ohne seinen Schritt zu verlangsamen. »Unabhängig davon, wie gut sie behandelt werden, hassen Sklaven ihre Herren. Vielleicht zeigen sie es nicht, und vielleicht erkennen sie es nicht einmal selbst. Aber gib ihnen die Gelegenheit, und sie werden uns jedes Mal töten, egal, wie friedlich sie zu sein scheinen, solange wir die Peitsche in der Hand halten.«

»Wenn sie Mörder sind, dann nur, weil ihre Besitzer sie dazu machen«, widersprach Agis.

»Ja«, erwiderte Tithian und tippte mit einem Finger an seine Stirn. »Du beginnst zu verstehen.«

Agis ärgerte sich über den gönnerhaften Ton des Templers. »Meine Sklaven…«

»Wären dich genauso gern los, wie du Kalak loswerden willst. Der Unterschied besteht nur darin, daß du vielleicht dumm genug bist, deinen Sklaven eine Gelegenheit zu geben«, sagte Tithian. »Du wirst während der nächsten Wochen vorsichtiger sein müssen.«

»Was meinst du damit?« fragte Agis. Er mußte noch immer mit Tithian sprechen, während der ihm den Rücken zuwandte, und ärgerte sich mit jedem Schritt mehr darüber. Tithian ließ eine Hand über seinen Kopf und seinen geflochtenen Zopf hinabgleiten. »Nichts Bedrohliches«, sagte er ausweichend. »Die Dinge werden schwieriger in Tyr. Man muß überall vor Verrat auf der Hut sein. Gerade heute morgen habe ich entdeckt, daß einer meiner Sklaven Mitglied der Verschleierten Allianz ist.«

»Nein!« rief Agis aus und konnte ein Kichern nicht unterdrücken. Der Gedanke daran, daß die Allianz direkt unter der Nase eines Hochtemplers operierte, war zuviel, als daß er sich hätte beherrschen können.

»Ja, das ist ziemlich belustigend, nicht wahr?« Tithians Stimme klang zutiefst verärgert.

»Es tut mir leid«, sagte Agis, der Tithians Bemerkung bezüglich seiner Sklaven plötzlich verstand. »Was hast du getan?«

»Noch nichts«, antwortete Tithian und überquerte den letzten Graben zwischen den Feldern und Agis' Haus. »Ich bin noch nicht dazu gekommen, mich um diese Angelegenheit zu kümmern.«

Tithian verließ die Farobäume und betrat den rückwärtigen Garten. Der Garten war ein gemütlicher Winkel und war so angelegt, daß er Agis an Durwadalas Oase erinnerte. In der Mitte des Ruheortes befand sich ein kleiner Teich mit azurblauem Wasser, der von einem sandigen Ufer und wenigen Metern goldenen Riedgrases begrenzt wurde. Und er wurde überragt von den dünnen, weißen Zweigen mehrerer Chiffon-Bäume.

Obwohl Agis den Garten als heilige Stätte entworfen hatte, falls er einmal einen ruhigen Ort brauchte, an den er sich zurückziehen konnte, fühlte er sich absolut nicht ruhig, als er ihn jetzt betrat. Er hörte das unterdrückte Murmeln von Hunderten gedämpfter Stimmen, das von der anderen Seite des Herrenhauses herüberdrang.

»Was ist das?« fragte Agis und trat an Tithians Seite.

Das Gesicht des Hochtemplers blieb ausdruckslos. »Vielleicht sind es deine glücklichen Sklaven, die sich versammeln, um dich zu Hause willkommen zu heißen.«

Der spöttische Tonfall alarmierte Agis. »Was geht hier vor?«

Ohne Tithians Antwort abzuwarten, schloß der Adlige die Augen und konzentrierte sein Bewußtsein auf seinen Nexus, die Stelle, wo die drei Energien des Weges – die spirituelle, die mentale und die physische – in seinem Körper zusammenliefen. Er hob seine Hand und visualisierte ein Seil aus prasselndem Feuer vom Nexus durch seinen Rumpf und in seinen Arm, wodurch er einen Weg für die mystischen Energien seines Daseins eröffnete.

Anders als bei der Magie, die ihre Energie aus dem Land bezog und sie in einen Zauber umwandelte, kam die Kraft, die Agis gebrauchen wollte, nicht von Athas – obwohl niemand genau wußte, woher sie kam. Einige Praktiker glaubten, daß sie sie aus anderen Dimensionen heraufbeschwören konnten. Andere behaupteten, daß Lebewesen mit unvorstellbaren Mengen von Energie durchdrungen seien und daß sie lediglich ihre eigenen Quellen anrührten.

Agis glaubte, daß er die Macht schuf. Seiner reinen Natur

nach war der Weg eine rätselhafte und undefinierbare Kunst, die auf Vertrauen und Glauben beruhte anstatt auf Wissen und Logik. Im Gegensatz zu den präzisen Zauberformeln und den festen Gesetzen des Gleichgewichts, die die Magie regierten, was Agis und viele andere dazu veranlaßte, sie eher für eine Wissenschaft als für eine Kunst zu halten, war der Weg fließend und formbar. Mit ihm konnte man fast alles vollbringen – vorausgesetzt, man konnte die erforderlichen Energien schaffen und kontrollieren, ohne sich selbst zu zerstören. Ein Praktiker konnte den Weg so oft anrufen, wie er wollte, und soviel davon heraufbeschwören, wie er brauchte, ohne Angst davor haben zu müssen, dem Land zu schaden.

Als er die Macht, die er brauchte, in seine Hand fließen spürte, konzentrierte Agis seine Gedanken auf sein Schwert. Es war eine prachtvolle Waffe, die so alt war wie Tyr selbst, mit einem wundervollen Heft aus gestochenem Kupfer, und seine lange Geschichte war in seine gebogene Stahlklinge eingraviert. Er streckte seinen Arm nach dem Schwert aus und sah, wie er das Heft ergriff. Er erinnerte sich daran, wie es sich anfühlte, das glatte Heft in der Hand zu halten, und dann hob er die Waffe aus ihrer Scheide.

»Sehr beeindruckend«, sagte Tithian.

Agis öffnete seine Augen und sah, daß sein Schwert jetzt wahrhaftig in seiner Hand lag. Er hatte die Energie des Weges benutzt und es einfach über die große Entfernung hinweg gegriffen und aufgenommen.

Agis trat auf den Templer zu und sagte: »Du bist nicht als Freund gekommen.«

»Tatsächlich bin ich das doch«, sagte Tithian, ohne zurückzuweichen. »Ich bin sicher, daß du es erkennen wirst… wenn du zur Vorderseite des Hauses herumgehst.«

Agis runzelte die Stirn, denn er war noch immer mißtrauisch. »Du gehst vor«, befahl er und deutete auf den Ausgang des Gartens.

»Natürlich.« Tithian lächelte.

Der Templer ging um die Westseite des Hauses herum und an einem Marmorsäulengang vorbei, in dem Agis oft besondere Gäste empfing. Als sie sich der Vorderseite des Herrenhauses näherten, stieg Tithian eine kleine Treppe zu einer Veranda hinauf. Als sie um die Ecke bogen, wurde Agis das Herz schwer.

Der vordere Hof war mit fünfhundert Sklaven angefüllt, fast allen seinen Arbeitskräften. Sie wurden von magischen Menschenriesenmischlingen bewacht, die »Halbriesen« genannt wurden. Als Angehörige einer unzivilisierten Rasse maßen die Wächter bis zu zwölf Fuß, mit grobknochigen Gesichtszügen, fliehenden Stirnen und langem, herabhängendem Kiefer. Sie alle hatten einen untersetzten, fast völlig kraftlosen Körperbau mit hängenden Schultern, runden Bäuchen und gewaltigen, gebeugten Beinen. Die Halbriesen in der Nähe von Agis' Haus waren mit Hanfhosen und der purpurfarbenen Tunika der Legion des Königs bekleidet.

Agis persönliche Wächter, einhundert Männer und Zwerge, die Lederharnische trugen, saßen mit den Händen auf den Köpfen auf einer Seite des Hofes. Sie wurden von einem Dutzend Templern bewacht, die ihre Hände vor sich in die Höhe hielten und damit deutlich machten, daß sie bereit waren, jeglichem Widerstand zu begegnen, indem sie die ihnen vom König gewährten Zauber anwandten.

Caro, Agis' Diener, stand vor den Sklaven, sein fliehendes Kinn ruhte auf seiner eingesunkenen Brust, er sah zu Boden. Der kahle Kopf und das unbehaarte Gesicht des uralten Zwerges waren von Alterslinien durchzogen, und seine schwarzen Augen waren schmale, dunkle Schlitze, die unter ihren bauschigen Lidern hervorspähten.

»Es tut mir leid, Herr«, entschuldigte er sich in dem unverständlichen Gemurmel eines zahnlosen, alten Mannes. »Ich hätte Euch warnen sollen, aber ich habe ein Nickerchen gemacht.«

»Es ist nicht dein Fehler, Caro«, sagte Agis.

»Das ist es doch«, beharrte der Zwerg. »Wenn ich wach gewesen wäre, hätte nichts von alledem geschehen können.«

»Verdammt, Caro, wenn ich sage, daß es nicht dein Fehler war, dann war es das nicht!« fauchte Agis, der die Geduld mit seinem sturen Diener verlor. »Ist das klar?«

Caro runzelte die Stirn und sah Agis einen Moment lang an, dann senkte er seinen Blick wieder zum Boden und nickte.

Agis sah Tithian an und fragte: »Was geht hier vor?«

Der Templer begegnete ruhig dem Blick des schwarzhaarigen Adligen. »Der König braucht weitere Sklaven, um seine Zikkurat vollenden zu können«, sagte Tithian, und seine Stimme nahm einen geschäftigen und herrischen Ton an. »Die Überlebenden werden nach der Fertigstellung der Zikkurat zu dir zurückgesandt.«

Agis hob sein Schwert um einige Zentimeter. »Ich sollte dich jetzt einfach töten und der Sache ein Ende machen.«

Tithian sah verletzt aus, aber er wich nicht zurück. »Muß ich dich darauf aufmerksam machen, daß du einen rechtmäßigen Abgesandten des Goldenen Turms bedrohst? Dies ist ein Akt offener Revolte, Senator.«

»Du hast nicht das Recht, meine Sklaven zu konfiszieren«, sagte Agis und senkte widerwillig sein Schwert.

»Der König hat heute morgen einen Erlaß herausgegeben, der mir dieses Recht verleiht«, erwiderte Tithian.

»Der Senat wird gegen diesen Erlaß Einspruch erheben!«

»Nicht, wenn er weiß, was gut für ihn ist.« Tithians

Stimme wurde weniger förmlich. »Wenn du es versuchst, wird Kalak sicherstellen, daß nicht genügend Senatoren anwesend sind, um eine beschlußfähige Anzahl zu erreichen.« Der Hochtempler wollte aufbrechen, hielt dann aber inne. »Ich werde die Frauen und Kinder für die Feldarbeit hierlassen. Das ist mehr, als ich jedem anderen zugestehe, alter Freund.«

Die Stadt Tyr

Als sich Sadira den rostigen, eisenbewehrten Toren von Tyr näherte, warf sie einen vorsichtigen Blick auf den Templer, der hinter den beiden Halbriesenwächtern stand. Er trug die übliche schwarze Soutane der Verwalter des Königs, aber sogar im schwachen Licht der Dämmerung konnte sie das Glitzern eines metallenen Gehänges sehen, das von seinem Hals hinabhing. Der Schmuck besagte, daß er ein Mann von beträchtlichem Rang war, denn gewöhnliche Templer hätten sich kaum so viel Metall leisten können.

Ohne ihren Schritt auf die Stadt zu verlangsamen, suchte die Zauberin das Gebiet vor dem Tor ab und hielt Ausschau nach allem, was die Anwesenheit des Templers hätte erklären können. Aus dem zu schließen, was sie von Tyr wußte, war es seltsam, wenn ein hochrangiger Verwalter die irdische Pflicht übernahm, die Wachen am Tor zu beaufsichtigen.

An einer Seite der Straße luden dreißig Träger einen hölzernen Handelswagen aus, einen der mächtigen Festungswagen, die von Händlern dazu benutzt wurden, Ladungen über die weiten Wüsten von Athas hinweg zu befördern. Der Karawanenwagen war zu groß, um in den Straßen von Tyr bewegt zu werden, so daß er außerhalb der Tore abgeladen werden mußte.

Die beiden Mekillote, die den Handelswagen zogen, waren noch immer in ihre Geschirre eingespannt. Die Eidechsen hatten riesige, hügelförmige Körper, die fast so lang waren wie der Wagen selbst. Sie waren mit einem dikken, sowohl als Rüstung als auch als Schattenspender dienenden Rückenschild bedeckt. Sadira machte einen großen Bogen um die Riesentiere, denn sie waren dafür bekannt, daß sie ihre langen Zungen hervorschießen ließen und unschuldige Passanten verschlangen.

Auf der anderen Seite der Straße standen keine Händlerwagen oder andere Transportfahrzeuge. Es war nur ein großer Flecken staubigen Bodens zu sehen, wo normalerweise Wagen warteten, bis sie zum Be- oder Entladen an der Reihe waren. Doch jetzt war dieser Platz leer. Jenseits dieses kahlen Fleckens verteilten hungernde Sklaven Abfälle von den Abwasserkanälen der Stadt über die Felder des Königs. Während sie mit ihren bloßen Händen die übelriechenden Rückstände über das azurblaue Stachelgras warfen oder sie um die Stengel des goldenen Gelbholzsumach verteilten, der hier und dort auf den Feldern zu finden war, schlugen ihre schwarzgekleideten Aufseher mit neunschwänzigen Peitschen unbarmherzig auf sie ein.

Nachdem Sadira keinen Grund für die ungewöhnliche Anwesenheit des Templers entdeckt hatte, nahm sie wieder das riesige Bündel mit Zweigen auf ihren Rücken und ging langsam weiter. Obwohl der Templer sie nervös machte, sah sie keine andere Möglichkeit, als langsam weiterzuwandern und zu hoffen, daß seine Anwesenheit nichts mit ihr zu tun hatte. Jetzt auszuweichen hätte zuviel Aufmerksamkeit erregt, und außerdem war sie zu erschöpft und durstig, um eine Nacht in der Wüste zu überstehen. Nach ihrer Flucht aus dem Brecher hatte sie ihr Zauberbuch geholt und war von Tithians Ländereien geflüchtet, indem sie unsichtbar aus dem Haupttor spaziert war. Ihr Zauber hatte lange genug angehalten, daß sie außerhalb von Tithians Ländereien eine Ansammlung von Felsen erreichen konnte. Hier hatte sie das große Bündel Zweige gesammelt, das sie jetzt über ihrem

Rücken trug, hatte ihr Zauberbuch in eine sandfarbene Schultertasche gesteckt und ein zerlumptes Gewand über ihren tief ausgeschnittenen Kittel gezogen, damit sie weniger Aufmerksamkeit auf sich zog. Schließlich war sie zur Straße gegangen und mit dem langsamen, gemessenen Schritt einer treuen Sklavin, die den Vormittag damit verbracht hat, das Land nach hölzernen Werkzeuggriffen für ihren Herrn abzusuchen, nach Tyr gezogen.

Ihre Reise war genauso ereignislos verlaufen wie die anderen Ausflüge, die Sadira regelmäßig unternommen hatte, um ihren Kontaktmann in der Verschleierten Allianz aufzusuchen, nur daß die Straße verlassener als gewöhnlich gewesen war, weil es Nachmittag, die heißeste Zeit des Tages, war. Als sie sich jetzt dem östlichen Tor näherte, sank die Sonne bereits hinter die verfärbten Gipfel des westlichen Horizonts. Flammende Fäden von Magentarot und Burgunder schossen über den Himmel, und der Abend warf seine purpurfarbenen Schatten über die sandfarbenen Mauern der Stadt.

In der Mitte von Tyr warf die untergehende Sonne einen scharlachroten Schimmer über den gebieterischen Goldenen Turm. Die Spitze glühte, als würde sie vor Blut triefen. Neben dem Palast ragte die massive Zikkurat auf, deren Inneres bereits von den Schatten des Abends verdunkelt wurde. In dem flammenden Licht, das seine Umrisse hervorhob, konnte Sadira Tausende winziger Silhouetten über das riesige Bauwerk schwärmen sehen, und sie wußte, daß Kalaks Sklaven noch immer arbeiteten.

Glücklich, daß sie nicht unter ihnen war, bückte sich Sadira unter der Last der Zweige noch ein wenig tiefer. Sie richtete ihren Blick auf die staubige Straße und trat durch das dunkle Tor. Sie hoffte, daß die Torwächter und ihre Aufseher sie übersehen würden, wenn sie sie nicht ansah.

Ein Halbriese versperrte ihr den Weg, und Sadira starrte plötzlich auf ein Paar behaarte, in Schuhen steckende, über einen halben Meter große Füße. Einen Moment lang blieb sie bewegungslos stehen und betrachtete die riesigen Zehen des Wächters mit den schwarzen Nägeln. Gleichzeitig ging sie im Geiste die ihr bekannten Zauber durch und versuchte abzuschätzen, welcher sich in dieser Situation als besonders nützlich erweisen würde. Als der Wächter nicht zur Seite trat, hob Sadira langsam ihren Blick. Obwohl sie nicht besonders muskulös waren, war doch jeder der Oberschenkel des Halbriesen so dick wie ein Baumstamm und wahrscheinlich auch schwerer. Über seinem runden Bauch, der trotz seiner Form fest und kräftig war, trug er eine purpurfarbene Tunika, die mit dem goldenen Stern König Kalaks geschmückt war. Er barg eine große, aus poliertem Knochen gefertigte Keule vor seinem Bauch.

Sadira legte ihren Kopf zurück und schaute aufwärts, während sie ihre Ladung Zweige ablegte. Die Schultern des Halbriesen waren so breit wie sie groß war. Auf seinem gedrungenen Hals saß ein riesiger Kopf mit einem fliehenden Kinn und hervorstehenden, traurigen Augen.

»Ja, Gewaltiger?« fragte sie und lächelte ihn bezaubernd an. Anstatt zu antworten, schaute der Halbriese den Templer an. Obwohl Sadiras hellblaue Augen auf den Wächter gerichtet blieben, konzentrierte sich ihr Geist auf den Aufseher, der auf der anderen Straßenseite stand. Der Mann hatte akkurat gestaltetes, helles Haar, dicke Wangen und feste, geschürzte Lippen. Seine rotgeränderten Augen betrachteten die Halbelfin mit nachlässigem, anmaßendem Blick. Die listige Zauberin beurteilte ihn schnell als einen einsamen, verbitterten Mann, genau die Art Mann, die ihrem Charme erliegen würde.

»Frag das Mädchen, zu wem sie gehört«, befahl der Templer mit übertriebener Anmaßung. Obwohl Sadira eindeutig kein Mädchen mehr war, war es in Tyr üblich, Sklaven so anzusprechen, als seien sie Kinder.

Ohne darauf zu warten, daß der Halbriese die Frage wiederholte, wandte Sadira ihr verführerisches Lächeln dem Templer zu. »Ich gehöre zu Marut, dem Werkzeugmacher«, sagte sie mit seidiger Stimme.

Die Zauberin erlaubte ihren Augen, über die Gestalt des Verwalters zu streifen und begegnete schließlich seinem Blick. Als der Templer, aufgrund ihres Interesses, seine Augenbrauen hob, schaute Sadira schüchtern fort und gab vor, verwirrt zu sein. Eine leichte Röte breitete sich über ihre hohen, glatten Wangen aus.

»Ich habe hier Griffe für Maruts Äxte«, sagte sie.

Sadira hatte keine Ahnung, wer Marut war und ob ein Mann dieses Namens überhaupt existierte. Sie wußte nur, daß ihr Kontaktmann bei der Verschleierten Allianz ihr aufgetragen hatte, so zu antworten, wenn sie gefragt würde. Bei den wenigen Gelegenheiten, bei denen die Wächter sie befragt hatten, hatte diese Antwort stets ihre Entlassung sichergestellt.

»Marut wird erfreut sein, dem König seine Sklavin ausleihen zu dürfen.« Die Stimme des Templers klang kalt und gefühllos, aber seine Augen betrachteten begierig die zarten Gesichtszüge der Halbelfin und schweiften über ihre anmutige Gestalt unter dem zerrissenen Gewand. »Vielleicht sollte ich dich ihm sogar selbst präsentieren, Mädchen.«

Beide Halbriesen kicherten lüstern, und dann streckte der eine hinter der Zauberin die Hand aus, um sie zu berühren.

Sadira entzog sich seinem Griff. »Ich bitte Euch, großmütiger Herr! Ich habe mich bereits verspätet, und mein Herr wird mich schlagen!«

Die Zauberin fiel vor dem dicken Aufseher auf die Knie.

Sie öffnete verstohlen ihr zerrissenes Gewand, so daß es den freizügigen Kittel darunter sichtbar werden ließ, achtete aber darauf, es nicht so weit zu öffnen, daß der gestohlene Dolch an ihrer Hüfte sichtbar wurde. Gleichzeitig berührte sie mit der Handfläche ihrer freien Hand den Boden und beschwor die Macht für einen Zauber herauf, der sie, wie sie hoffte, retten würde. Die Macht schoß ihren Arm hinauf und sammelte sich blitzschnell in ihr, denn es war ein reicher Vorrat an Energie in so unmittelbarer Nähe der Felder des Königs vorhanden.

Leise flüsterte sie die Zauberformel, die ihren Zauber gestalten würde, und verbarg gleichzeitig die mystischen Gesten, indem sie ihren Kopf beugte und ihre Schultern einzog. Es war gefährlich, Magie gegen Templer einzusetzen, denn es war immer möglich, daß sie erkannten, wenn ein Zauber heraufbeschworen wurde, und ihn unterbrachen.

Eine riesige Hand ergriff die Schulter der Halbelfin. »Komm her, Sklavin, oder du wirst es nicht einmal bis zu den Zellen des Königs schaffen.«

Als der Wächter sie vom Boden hochhob, richtete Sadira ihren Blick auf die Augen des Templers. Sie entließ den Zauber, indem sie ihre vollen Lippen schürzte, als blase sie ihm einen Kuß zu. Der Mann verengte seine kleinen Augen und runzelte die Stirn. Er fuhr mit seiner Hand über sein Gesicht und schüttelte den Kopf, aber als er Sadira erneut anschaute, war eine Wärme in seinem Blick, die zuvor nicht zu erkennen gewesen war. Ihr Zauber hatte gewirkt. Jetzt würde der Templer ihr helfen wollen, solange es für ihn kein Risiko bedeutete. Sie mußte jetzt nur die richtigen Worte finden, um ihn davon zu überzeugen, daß es ihm nicht schaden würde, wenn er ihr half.

Ihre Füße baumelten bereits am Boden, als Sadira flehte: »Bitte, laß mich wenigstens diese Griffe zu Marut bringen.

Ich bin sicher, daß er mir erlauben wird, wieder zu Euch zurückzukehren.«

Der Templer biß sich unentschlossen auf die Lippe, schüttelte dann aber stur den Kopf. »Ich kenne diesen Marut nicht. Ich habe keinen Grund zu glauben, daß er dich zurückschicken wird.«

»Marut ist ein vertrauenswürdiger Mann, ein treuer Untertan des Königs«, erklärte Sadira und verzog das Gesicht wegen der Schmerzen, die ihr der Griff des Halbriesen verursachte.

Der Templer sah den Wächter, der die schlanke Zauberin festhielt, stirnrunzelnd an. »Wenn du das Mädchen verletzt, werde ich deinen Kopf fordern!«

Der Halbriese ließ Sadira beinahe fallen. Der Kiefer des anderen, der neben dem Templer stand, sank herab.

Als ihr Wächter sie wieder auf das Kopfsteinpflaster stellte, sagte der Templer: »Dich gehen zu lassen ist unmöglich. Ich muß jeden Sklaven konfiszieren, der durch dieses Tor kommt.«

Sadira erkannte, daß die Angst des Templers vor seinem Vorgesetzten stärker war als sein Verlangen nach ihr. Die Halbelfin konnte es kaum glauben, beschloß aber, daß es wohl besser wäre, einen anderen Kurs einzuschlagen. Sie deutete auf das Bündel Zweige, das sie auf der Straße abgelegt hatte. »Wenn ich meinem Herrn diese Stiele nicht heute abend bringe, kann Marut die Hacken nicht fertigen, die er der Arbeitsaufsicht morgen liefern soll.«

»Du sagst doch, die Stiele seien für Äxte gedacht«, polterte ein Halbriese.

Ohne den Blick von dem rundlichen Templer abzuwenden, erklärte Sadira schnell: »Normalerweise fertigt er Äxte, aber die Aufsicht braucht weitere Hacken für die Ziegelsteingruben.«

Zu ihrer Erleichterung nickte der Templer. »Davon habe ich gehört.«

»Ohne die Werkzeuge meines Herrn werden der Aufsicht die Ziegelsteine ausgehen«, sagte sie und begegnete mit ihren klaren, blauen Augen dem Blick des wohlbeleibten Mannes. »Vielleicht solltet Ihr mich zu Maruts Laden begleiten und mich dann hierher zurückbringen, nachdem wir die Stiele abgeliefert haben. Ich bin sicher, daß Euer Oberer für Eure Initiative äußerst dankbar sein wird, und ich wäre es auch.«

Sie gönnte dem korpulenten Verwalter ein vielversprechendes Lächeln, erlaubte diesem Lächeln aber nicht, zu lange auf ihren Lippen zu verweilen. Der Schlüssel dazu, ihn endgültig ihrem Einfluß zu unterwerfen, war, ihn glauben zu machen, daß sie sich wirklich von ihm angezogen fühlte, was sicher nicht zu schwierig war, da er das offensichtlich ohnehin glauben wollte. Sie mußte nur darauf achten, daß sie ihn nicht auf ihr Manöver aufmerksam machte, indem sie es übertrieb.

»Hört nicht auf sie, Pegen«, sagte der Halbriese neben dem Templer. »Ihr könnt mit dem Mädchen ohnehin machen, was Ihr wollt.«

Sadira hob ihre spitz zulaufenden Augenbrauen und ließ ihren Mund aufklappen, als habe sie Angst. Sie trat von dem Templer zurück und fragte: »Was meint er, Pegen? Was werdet Ihr mir antun?«

Diese Taktik wirkte. Der Templer sah den Halbriesen stirnrunzelnd an, verärgert darüber, daß Sadiras Zuneigung plötzlich zu Ablehnung geworden war. »Sei ruhig, oder du wirst morgen Ziegelsteine auf die Zikkurat schleppen!« Er wandte sich wieder der Halbelfin zu. »Keine Sorge. Ich werde dir nichts antun.«

Sadira trat einen weiteren Schritt zurück. »Ich verstehe

nicht, was sie sagen«, sagte sie und schaute zu den Wächtern hinüber. »Was glauben sie, was ein kleines Sklavenmädchen wie ich einem kräftigen Mann wie Euch antun könnte?«

Verärgert über die Unterstellung sah der Templer die beiden ungeschliffenen Wächter stirnrunzelnd an. »Schließt das Tor, wenn es dunkel wird«, befahl er. »Und dann wartet auf meine Rückkehr.«

»Aber...«

»Tu, was ich gesagt habe, Tak!« befahl Pegen und betrachtete den aufbegehrenden Wächter stirnrunzelnd. »Keine Diskussion mehr!«

Nachdem er den Halbriesen zurechtgewiesen hatte, nickte Pegen Sadira zu. »Geh voraus, Mädchen. Ich hoffe, der Laden deines Herrn ist nicht zu weit entfernt.«

Sadira hob das Bündel Zweige auf und hängte es sich über den Rücken. Vor Pegen ging sie an den rostigen Toren vorbei und durch einen leicht abschüssigen Tunnel, der unter der Stadtmauer hindurchführte. An dessen anderem Ende lag ein riesiger Granitblock. Alle ein oder zwei Jahre, wenn eine andere Stadt auf Athas ohne Nahrung war und ein Heer entsandte, um alles, was nur möglich war, aus den spärlich bestückten Kornspeichern Tyrs zu stehlen, brachte ein Hochtempler den Block zum Schweben und ließ ihn an seinen Platz gleiten, damit er den Tunnel blockierte, bis der Krieg vorüber war. Als sie die Barriere passiert hatte, fand die Halbelfin das Innere der Stadt noch überraschender als die Anwesenheit des Templers außerhalb des Tores. Im Gegensatz zu der Kakophonie quietschender Wagen und schriller Stimmen, die sie auf ihren vorangegangenen Ausflügen begrüßt hatte, schien Tyr so still wie die Wüste. Die große Prachtstraße, die den inneren Umkreis der Mauer entlangführte, war bis auf eine Handvoll Handwerker und gutgekleideter Kaufleute, die, den Blick fest auf das Kopfsteinpflaster gerichtet, die Straße entlangeilten, vollkommen leer. Die Nahrungs- und Weinhandlungen, die normalerweise bis in die frühen Morgenstunden von Fackeln und Öllampen erleuchtet wurden, waren allesamt dunkel. Die reichen Düfte, an die sie sich erinnerte – nach gebratenen Fäulnisraupen, gewürzten Silberbüschen und gegorenem Kanknektar – fehlten. Statt dessen roch sie nur stinkenden Tiermist und den beißenden Rauch von Kohle.

Sadira wandte sich auf der großen Prachtstraße nach links und folgte damit einer Route, die sie nicht mehr als zwei Dutzend Mal in ihrem Leben bereist hatte. Pegen ging an ihrer Seite, und seine schweren Stiefel knallten auf die Pflastersteine. Wenige Minuten später, als sich die Nacht über die Stadt senkte, legte Pegen eine Hand auf ihre Schulter. Er deutete eine Straße hinab, die sich zwischen zwei Reihen dreistöckiger Lehmziegelgebäude entlangwand.

»Gehen wir nicht zum Händlerbezirk?«

Sadira hielt inne und schaute die Straße hinab. Es war eine breite Straße, die von flackernden Fackeln in Türschanzen gut beleuchtet war. Die Halbelfin hatte keine Vorstellung davon, wo die Straße hinführen mochte.

»Maruts Laden liegt nicht in dieser Richtung«, sagte sie und deutete die Prachtstraße hinab, auf der sie bereits entlanggingen. »Es ist weiter hier unten.«

Pegen runzelte die Stirn. »Wenn du das sagst.«

Nach weiteren dreihundert Schritten hielt Sadira inne und schaute dann einen dunklen Weg hinab, der in einen Bezirk mit trostlosen Wohnhäusern und verfallenen Hütten führte. Obwohl die Fenster und Türen der Lehmziegelhäuser dunkel waren, erlaubten ihre Augen es ihr, die finster aussehenden Bewohner zu erkennen, die die Straße von jedem vierten oder fünften Gebäude aus beobachteten.

»Führt dieser Weg nicht zum Elfenmarkt?« fragte Pegen.

»Mein Herr wohnt nur ein kurzes Stück den Weg hinab«, sagte Sadira. Sie betrat den dunklen Weg, bevor der Templer widersprechen konnte.

Die Halbelfin war nur wenige Schritte weit gegangen, als sie Pegen über die losen Pflastersteine auf dem Weg stolpern hörte. Er legte eine Hand auf ihr Bündel und zog daran.

»Warte!«

Sadira gehorchte sofort und ließ ihr Bündel auf seine Füße fallen. Dann griff sie unter ihren Umhang und zog den Obsidiandolch hervor, den sie dem Wächter im Brecher abgenommen hatte. Der menschliche Templer, der im Dunkeln nichts sehen konnte, stolperte über die Zweige und fiel hin. Sadira fuhr herum und hob ihren Dolch, um zuzustechen.

Der Templer lag mit dem Gesicht nach unten über dem Bündel und kämpfte darum, wieder auf die Füße zu kommen. Sadira erkannte, daß es leicht für sie sein würde, in dem Labyrinth schäbiger Wohnhäuser in diesem Teil der Stadt zu verschwinden. Sicherlich wollte die Verschleierte Allianz genau das, denn ihr Kontaktmann hatte ihr aufgetragen, sich die Verwaltung des Königs niemals unnötig zum Feind zu machen.

»Hilf mir hoch, du Trampel«, befahl Pegen. »Ich könnte dich dafür auspeitschen lassen.«

»Es war falsch, das zu sagen«, sagte die Halbelfin und sagte sich, daß »unnötig« ein relativer Begriff sei.

Mit ihrer freien Hand packte sie das Bronzegehänge des Templers. Sie zog daran, so daß die Kette sein Doppelkinn anhob und seinen korpulenten Hals freigab. Pegens Augen öffneten sich weit und schauten in ihr Gesicht, blieben aber in der Dunkelheit unscharf und ängstlich. »Was glaubst du, was du tust?« fragte er mit gepreßter Stimme.

»Ich prüfe, ob dieses Messer scharf genug ist, um Eure

fette Kehle zu durchschneiden«, antwortete Sadira und legte die Klinge ihrer Waffe an die dicken Hautfalten unter seinem Kinn. Sie mußte stark drücken, aber die Klinge war scharf genug.

Sadira fühlte das warme Blut auf ihrer Hand. Pegen gurgelte und legte seine Hände um seinen Hals. Er rollte von dem Bündel mit Zweigen hinab und blieb auf dem Rücken liegen, während sein Leben langsam zwischen seinen Fingern hindurchsickerte und seine erstaunten Augen in den Nachthimmel hinaufstarrten. Ohne seinen Tod abzuwarten, säuberte Sadira ihre Hand und die Klinge an seiner Soutane und rannte dann die dunklen Straßen hinab.

Die Halbelfin verlangsamte ihren Schritt nicht eher, als bis sie durch zwei Wohnhäuser hindurch auf einen kleinen Platz gelangt war, auf dem fünf Straßen zusammenliefen. Der Platz war in hellgelbes Licht getaucht, denn er war von sechs Weinhandlungen, zwei Freudenhäusern und einer Spielkaschemme umgeben, die alle Fackeln in den Wandleuchtern außerhalb ihrer Türen abbrannten. Dösende Männer, zumeist Menschen und Elfen, saßen in nachlässiger Haltung an den Mauern der Häuser, und halbnackte Frauen gingen hin und her und hielten nach jemandem Ausschau, der vielleicht Gesellschaft brauchte.

Sadira blieb am Rande des Platzes stehen und zog ihren blutbesprenkelten Umhang aus. Mit der Innenseite eines Ärmels wischte sie Staub und Sand aus ihrem Gesicht und stopfte den Umhang dann in die Tasche, die auch ihr Zauberbuch enthielt. Sie fuhr mit ihren Fingern durch ihr bernsteinfarbenes Haar, aber es gelang ihr nur halbwegs, die Verfilzung zu lösen. Trotz ihrer Bemühungen wußte sie, daß sie nicht annähernd so gut aussah, wie es üblicherweise der Fall war. Nach dem schnellen Lauf hob und senkte sich ihre Brust, und ihre schlanken Beine zitterten vor Ermüdung.

Dennoch, nachdem sie erst einmal alles getan hatte, um sich in Ordnung zu bringen, überquerte sie den Platz und ging zu einer Weinhandlung, deren Eingang mit dem Bild eines betrunkenen Riesen geschmückt war.

Im Innern stand ein stämmiger Mann mit lichter werdendem Kopf und einem ungekämmten, roten Bart hinter einer Marmortheke und benutzte einen beinernen Schöpflöffel, um drei kleinäugige Gäste mit gegorener Ziegenmilch zu bedienen. Als Sadira die Weinhandlung betrat, suchte sie den Blick des Wirts und fuhr dann mit ihrer Hand wie zufällig über ihre vollen Lippen und ihr zartes Kinn. Er deutete mit dem Kopf zu den rückwärtigen Tischen seines Ladens und flüsterte dann einem seiner Gäste etwas zu. Der Gast erhob sich sofort und stolperte hinaus.

Sadira setzte sich im hinteren Teil der Weinhandlung auf eine kleine Granitbank und stellte ihre Schultertasche darunter. Zu ihrer Überraschung brachte der rothaarige Wirt ihr einen Becher mit herb riechendem Wein. Als er näherkam, lächelte sie und sagte: »Ihr wißt, daß ich kein Geld habe.«

»Ich weiß, aber es ist offensichtlich, daß du etwas zu essen und zu trinken brauchst«, sagte der stämmige Wirt.

»Warum?« fragte Sadira verwirrt. Sie berührte mit ihren Fingern ihre Wangen und hatte plötzlich Angst, daß sie einen Blutfleck übersehen hatte. »Ist da etwas auf meinem Gesicht?«

Der Wirt kicherte und schüttelte den Kopf. »Nein, du siehst einfach durstig aus«, sagte er und deutete auf die zwei Betrunkenen an der Theke. »Zumindest haben sich das wohl diese zwei Burschen gedacht. Sie bezahlen.«

Sadira gewährte den beiden Männern ein verführerisches Lächeln und goß dann den Becher gegorenen Baumharzes mit einem einzigen Schluck hinunter. Als die gewaltige Wirkung des Getränks sie traf, schloß sie ihre Augen mit den langen Wimpern und schüttelte den Kopf. Als sie dann dem Wirt den Becher zurückgab, verkündete sie: »Ich werde noch einen nehmen.«

»Ich denke, ich sollte besser erst einen Blick auf ihre Geldbeutel werfen«, lachte der Wirt und nahm den Becher entgegen. Bevor er jedoch zur Theke zurückkehrte, wurde sein Gesichtsausdruck ernst. »Hast du Schwierigkeiten?«

Obwohl sich die Halbelfin und der rotbärtige Mann vom Sehen kannten, wußte sie nicht, wieviel sie enthüllen durfte. Das einzige, was sie über ihn wußte, war, daß er ihren Kontaktmann in der Verschleierten Allianz erreichen konnte. Sonst hätten sowohl er als auch sie freiwillig auf eine längere Unterhaltung verzichtet, denn wenn die Männer des Königs einen von ihnen fingen, dann war es besser, möglichst wenig voneinander zu wissen.

»Ein Templer hat versucht, mich zur Zikkurat zu schleifen«, sagte sie und ließ die Angelegenheit mit dieser einfachen Erklärung auf sich beruhen.

Der Wirt nickte. »Sie haben schon den ganzen Tag Sklaven konfisziert. Sie haben Betrunkene festgenommen. Darum ist es auf dem Platz heute abend so ruhig.« Er brachte Sadira einen weiteren Krug mit bitterem Wein und fragte dann: »Soll ich nicht besser den Templer erwarten, der hinter dir her ist?«

Die Halbelfin schüttelte den Kopf. »Nicht, solange Tote nicht laufen können.«

Der Mann entspannte sich, und sein Gesicht verriet Erleichterung. Er reichte Sadira den Becher und setzte ihn dann neben ihr ab. »Ich werde sicherheitshalber den Vorhang zuziehen. Wenn du diese Bank umkippst, kannst du damit einen Fluchttunnel öffnen. Benutze ihn, wenn du irgend etwas Seltsames dort draußen hörst.« Sadira betrachtete die Steinbank. »Wo führt der Tunnel hin?«

»Nach UnterTyr«, sagte er, »und zu einem Tempel der Ehrwürdigen.«

»Nein!« keuchte Sadira. Sie wußte nur sehr wenig über die ehrwürdigen Tempel, die erbaut worden waren, bevor Athas zur Wüste geworden war. Den Gerüchten nach waren die meisten Tempel mit riesigen Mengen wertvollen Metalls angefüllt, die von den Geistern jener verteidigt wurden, die lange vergessene oder schon lange verstorbene Götter verehrt hatten. »Unter dieser Weinhandlung?«

»Nicht direkt darunter«, antwortete der Wirt. »Aber wenn etwas geschieht und du den Fluchttunnel benutzt, dann beeile dich bloß nicht, diesen Tempel zu finden. Nach allem, was ich gehört habe, bist du besser bedient, wenn du dich den Templern Kalaks ergibst.«

Mit diesen Worten trat er zurück und zog einen Vorhang vor den rückwärtigen Teil seines Ladens. Der Vorhang war vollständig aus zusammengereihten Schlangenschuppen gefertigt. Jede Schuppe war mit glänzendem Lack versiegelt, um ihre natürliche Farbe zu erhalten und zu steigern. Das Ergebnis war ein schillernder Vorhang vieler verschiedener Schattierungen – Sandgelb, Rostorange, Kaktusgrün und ein halbes Dutzend anderer Farben.

Sadira trank ihren zweiten Becher Wein langsamer. Sie zwang sich, das starke Getränk nur in kleinen Schlucken zu sich zu nehmen. Obwohl sie das Gefühl hatte, den ganzen Krug auf einmal leeren zu müssen, um ihren Durst zu stillen, bezweifelte sie, daß sie, nachdem der Vorhang geschlossen war, den Becher noch einmal aufgefüllt bekommen würde. Der gegorene Wein war das schlechteste in den Weinhandlungen von Tyr erhältliche Getränk, aber die Halbelfin wollte ihn dennoch schmecken. Auf Tithians Ländereien war alles, was sie jemals zu trinken bekommen hatte, nur Wasser.

Als die Halbelfin gerade ihre letzten Schlucke Wein trank, trat ein alter Mann durch den Vorhang. Er hatte gesunde, stolze Gesichtszüge mit einer breiten Stirn, die von dichten, weißen Brauen dominiert wurde, eine große, gebogene Nase zwischen schlauen, braunen Augen und ein festes Kinn. Sein Bart war lang und schneeweiß. Er trug einen weißen, knielangen Rock, und über seinen Schultern lag ein elfenbeinfarbener Umhang, der am Hals mit einer Kupferspange geschlossen war. In einer Hand trug er einen mit schwerem, braunem Wein gefüllten Becher und in der anderen einen Stock aus dunklem Holz. Der Knauf des Stockes, eine Kugel aus glänzendem Obsidian, war sehr ungewöhnlich und sehr eindrucksvoll. Sadira fand es schwer, ihren Blick von der wunderschönen, schwarzen Kugel abzuwenden, aber sie tat es dennoch, denn sie wußte, daß ihr Besitzer es nicht mochte, wenn man sie anstarrte.

Der alte Mann musterte die Halbelfin eingehend und nahm dann einen großen Schluck aus seinem Becher. Schließlich zeigte er mit seinem Stock auf sie und fragte: »Was tust du hier, junge Dame? Ich habe nicht nach dir geschickt.«

»Es tut gut, Euch zu sehen, Ktandeo«, erwiderte Sadira und lächelte warm. Sie erhob sich und nahm den Mann in ihre geschmeidigen Arme.

»Paß auf meinen Becher auf«, fauchte er und hielt ihn von seinem Körper fort, als einige Tropfen seines Inhalts über den Rand schwappten. »Das ist der gute Stoff!«

Sadira blieb unbeeindruckt von der Verdrießlichkeit des Greises. Sie stand ihm so nahe wie nur irgend jemandem und wußte, daß sich hinter seiner mürrischen Art ein freundliches Herz verbarg.

Wenige Tage vor Sadiras zwölftem Geburtstag hatte Tithian einen mürrischen, alten Tierhändler angeheuert, der die Tiere für die Arma ausbilden sollte. Ktandeo, der diesen Posten für geeignet gehalten hatte, um einen Spion im Haushalt des Hochtemplers ausfindig zu machen, wählte dann das junge Mädchen als Helferin aus. Im Verlauf des nächsten Jahres hatte er Sadiras Charakter studiert und sie auf subtile Weise sowohl in moralisch schwierige Situationen gebracht als auch Mutproben von ihr gefordert. Ihre lebhafteste Erinnerung an diese Zeit war, daß der alte Mann sie »versehentlich« mit einem hungrigen Takis in einen Käfig gesperrt hatte, um zu sehen, ob sie in Panik geraten würde. Während er sich mit dem Riegel abgemüht hatte, hatte sie bewegungslos dagestanden und zugelassen, daß das bärenartige Wesen sie mit seinem schleimtriefenden Rüssel von Kopf bis Fuß beschnüffelte. Ktandeo hatte die Tür erst geöffnet, als das riesige Tier seine dolchartigen Fänge entblößte und angefangen hatte, mit seinem knochigen Schwanzstummel auf den Boden zu schlagen. Das einzige Mal, daßSadira ihren Mentor hatte lachen sehen, war, als sie ihm nach ihrem Entkommen einen ärgerlichen Vortrag gehalten hatte.

Dann, am Morgen der Hochsonne, nachdem sie die Tiere zu den Spielen zu Ehren des neuen Jahres entsandt hatten, war Ktandeo zu ihr gekommen und hatte ihr dabei geholfen, die leeren Pferche zu säubern. Er hatte sie gefragt, ob sie die Magie erlernen wolle. Während des Unterrichts, der sich über die nächsten Wochen hinzog, hatte er sie gelehrt, die Luft mit tanzenden Lichtern zu erfüllen. Als sie darum gebeten hatte, einen weiteren Zauber erlernen zu dürfen, hatte er gezögert und gesagt, er habe sie bereits zuviel gelehrt. Erst nach Wochen des Bittens hatte er zugestimmt, ihr einen weiteren Zauber beizubringen. Dieses Mal hatte er jedoch eine Bedingung mit diesem Geschenk verknüpft. Sie würde der Verschleierten Allianz beitreten und ihr dienen müssen, egal, was von ihr gefordert würde.

Natürlich hatte Sadira zugestimmt, denn sie sah in der Magie einen Weg, der Sklaverei zu entkommen. Während der nächsten vier Jahre hatte Ktandeo ihr viele Zauber beigebracht, aber er hatte ihr auch ein Gefühl für deren Bedeutung eingegeben. Er begann von Umwälzungen zu sprechen und davon, den König zu stürzen und den Sklaven die Freiheit zu schenken. Nicht lange danach hatte Sadira begonnen, seinen Traum zu teilen und auch selbst beschlossen, alle Einwohner Tyrs zu befreien.

Als Sadira sechzehn wurde und zur Frau zu werden begann, hatte Ktandeo eine »Tochter« mitgebracht, die bei ihm leben sollte. Catalyna war mit ihren herausfordernden Augen, ihrem koketten Lächeln und ihrem wohlgestalteten Körper alles andere als eine Tochter gewesen. In dieser Zeit hatte Sadira gelernt, das Beste aus ihrer Schönheit zu machen, und schon bald darauf konnte sie eine zusätzliche Portion Faronadelbrei oder ein wenig zusätzliches Wasser erlangen, indem sie einfach einen Blick oder ein Lächeln einsetzte.

Als ihre Ausbildung beendet war, hatte Ktandeo ihr zum ersten Mal geholfen, aus den Ländereien zu entkommen, und hatte sie dann nach Tyr gebracht und ihr gezeigt, wie sie ihn finden konnte, indem sie zu dieser Weinhandlung kam. Kurz danach waren sowohl er als auch Catalyna von Tithians Ländereien verschwunden. Sadira war zurückgeblieben und hatte während der nächsten fünf Jahre im stillen die Bewohner der Ländereien ausspioniert.

Ihre Aufgabe hatte vor allem darin bestanden, die Techniken anzuwenden, die Catalyna ihr beigebracht hatte, um die Zungen von Wächtern und Aufsehern zu lösen. Zweimal pro Jahr wagte sie sich nach Tyr, um das Wenige zu berichten, das sie entdeckt hatte, und um einen oder zwei neue Zauber zu erlernen.

Die junge Zauberin hatte schließlich wissen wollen, ob es nicht einen Ort gab, an dem sie nützlicher sein konnte. Dann war Rikus in den Gladiatorengruben aufgetaucht. Sie hatte Ktandeo ordnungsgemäß über die Anwesenheit des Mul unterrichtet. Kurz darauf hatte er sie benachrichtigen lassen, sie solle »so nahe wie möglich« an den Mul herankommen, und hatte darauf hingewiesen, die Allianz brauche seine Mitarbeit für ein ganz besonderes Vorhaben. Sie hatte seither erfahren, daß das besondere Vorhaben darin bestand, daß Rikus Kalak während der Spiele zu Ehren der Zikkurat mit einem magischen Speer angreifen sollte.

Ktandeo räusperte sich, setzte sich auf die Steinbank und faltete seine Hände über dem Knauf seines Stockes. »Nun?«

Sadira sah ihn an. Mit einem Zittern in der Stimme sagte sie: »Rikus ist verwundet. Er überlebt es vielleicht nicht.«

Das Gesicht des alten Mannes verdüsterte sich.

Sadira erzählte ihrem Kontaktmann alles, was seit dem Morgen geschehen war, wobei sie wegließ, daß sie gegen den ersten Wächter des Brechers den magischen Tentakel eingesetzt hatte. Als sie ihren Versuch, Pegen zu umgarnen, und ihre Flucht beschrieben hatte, war ihr Wein ausgetrunken.

Mehrere Augenblicke lang saß Ktandeo in Gedanken versunken und stirnrunzelnd da. Schließlich schaute er auf. Seine dunklen Augen waren düster vor Zorn, und er klopfte mit dem schwarzen Knauf seines Stockes hart auf ihre Knöchel. »Du spielst ein gefährliches Spiel, Mädchen.«

Sadiras schmales Kinn sank bei Ktandeos anklagendem Tonfall hinab.

»Was?« keuchte sie und rieb über ihre schmerzende Hand.

Der alte Mann sah sie mit mißbilligendem Stirnrunzeln an. »Ist deine Kontrolle so gut, daß du ein halbes Dutzend Zauber pro Tag herbeirufen kannst, alle unter Druck, und dabei das Gleichgewicht aufrechterhalten kannst? Selbst diejenigen, die das Zweifache an Erfahrung haben wie du, haben nicht diese Kraft. Ich erschauerte bei dem Gedanken daran, welchen Schaden du angerichtet hast.«

Sadira war froh, daß sie nicht auch noch den Tentakelzauber erwähnt hatte. Ktandeo hätte sie wahrscheinlich zur Schänderin erklärt, zu einer Zauberin, die das Land mißbrauchte. Den Traditionen der Verschleierten Allianz entsprechend wurden Mitglieder hingerichtet, wenn sie zu Schändern geworden waren.

»Und war es wirklich notwendig, die Ermordung dreier...«

»Ein Templer und zwei Sklavenwächter!« wandte Sadira ein.

»Dennoch lebende Wesen«, konterte Ktandeo. »Du klingst, als wärest du stolz auf dich.«

»Was wäre, wenn ich es bin?« fragte die Halbelfin und stand auf.

»Jeder von ihnen hätte mich in Windeseile ausgepeitscht, geschlagen oder umgebracht. So wie ich die Sache sehe, habe ich sie erledigt, bevor sie mich erledigen konnten. Warum sollte ich nicht stolz sein?«

Der alte Mann erhob sich ebenfalls. »Hör dir selbst zu!« bellte er und schwenkte seinen Stock ärgerlich über ihrem Kopf. »Du klingst wie ein Templer! Welcher Unterschied besteht zwischen dir und ihnen?«

»Derselbe Unterschied wie der zwischen Euch und Kalak«, erwiderte sie. »Wenn Ihr den König töten wollt, was ist dann falsch daran, wenn ich diese Männer töte?«

»Kalak ist die Quelle unseres Elends. Er ist derjenige, der die Magie verboten hat, der das Land schändet, der die Sklaverei zu einer Lebensart macht, der seine Untertanen mit Mord und Angst regiert...«

»Ihr glaubt doch nicht etwa, daß die Templer und Adligen von Tyr, wenn es ihn erst einmal los ist, plötzlich Diener des Guten werden?«

Ktandeo schüttelte heftig den Kopf. »Natürlich nicht«, sagte er. »Aber Kalak ist die Ursache. Setze ihn außer Gefecht, und das ganze Gebäude wird einstürzen.«

»Selbst ohne Kalak werdet Ihr es nicht schaffen, die Verwaltung und den Adel ohne Blutvergießen zu stürzen«, wandte Sadira ein. »Also kann ich nicht sehen, was falsch daran ist, jetzt zu kämpfen.«

»Nichts ist falsch daran zu kämpfen oder auch an Überfällen und Ermordungen – solange man eine Gruppe Sklaven befreit, eine Ziegelei zerstört oder für ein anderes sinnvolles Ziel arbeitet. Aber aus Haß zu töten...« Ktandeo brach ab. »Das ist deiner nicht würdig, Mädchen.«

Sadira holte mit ihrem mageren Arm aus und wischte die Becher von der Bank. Sie schlugen gegen die Steinwand und zersprangen zu Scherben. »Redet mich nicht wie einen Sklaven an!« fauchte sie, und ihre hellen Augen blitzten zornig. »Und verurteilt mich nicht. Was wißt Ihr davon, wie es ist, ein Sklave zu sein? Habt Ihr jemals die Peitsche auf Eurem Rücken gespürt?«

Nach einer angespannten Pause sagte sie: »Das dachte ich mir.«

Der Rotbärtige trat mit zwei Bechern in Händen und einer kleinen Keule in seiner Schürze um den Vorhang herum.

»Ich glaubte gehört zu haben, daß jemand einen Becher fallengelassen hat«, sagte er und betrachtete die Tonscherben auf dem Boden. »Hier ist Ersatz.« Er warf einen bedeutungsvollen Blick auf Ktandeo und fügte dann hinzu: »Versucht, diesen Wein nicht auch noch zu verschütten.«

»Jetzt sieh, was du getan hast«, sagte der alte Mann, nachdem der Wirt gegangen war. Seine Stimme war sanfter als noch vor wenigen Augenblicken. Er setzte sich wieder hin und legte seinen Stock vorsichtig über seinen Schoß, damit er nicht noch einmal versucht sein würde, mit ihm herumzufuchteln. »Jetzt, wo du dich offenbart hast, wirst du in eine andere Stadt gehen müssen.«

»Ich gehe nicht«, erwiderte Sadira und kämpfte darum, daß ihre Stimme ruhig blieb. »Ich bin nicht bereit, Rikus zu verlassen.«

»Rikus? Was ist mit ihm?« fragte Ktandeo. Er nahm einen langen Schluck aus seinem Becher.

»Ich habe ihn noch nicht gebeten, den Speer zu werfen«, antwortete Sadira. »Tatsächlich weiß er noch immer nicht, daß ich der Verschleierten Allianz angehöre.«

»Zumindest hast du diese Anweisungen befolgt«, sagte der alte Mann.

»Ich versuche es wirklich.« Sadira spürte, daß eine Träne ihre Wange hinablief, und wandte sich schnell ab, um sie wegzuwischen. Ktandeo kam einem Vater am allernächsten. Obwohl sie fand, er habe wegen der getöteten Wächter übersensibel reagiert, bedrückte die Auseinandersetzung mit ihm sie mehr, als sie zugeben mochte. Als sie ihre Aufmerksamkeit wieder Ktandeo zuwandte, hatte sich der Blick des alten Mannes besänftigt, aber sein Kiefer war noch immer angespannt. »Wenn Tithian erst einmal hört, wie du Rikus gerettet hast, wird er wissen, daß du den Schleier trägst. Er wird unter jedem Pflasterstein Tyrs nachsehen, bis er dich findet.«

»Aber wenn ich fortgehe, wer wird Rikus dann bitten, den Speer zu werfen?« widersprach sie.

»Im Augenblick weiß ich nicht einmal genau, ob überhaupt ein Speer geworfen werden muß«, sagte Ktandeo. »Ich habe ihn noch nicht bekommen, und so, wie sich die

Dinge entwickeln, werde ich es vielleicht auch nicht können.«

»Warum nicht?« fragte Sadira verwirrt.

Ktandeo fuhr mit einer großen, mit Leberflecken übersäten Hand über seine runzligen Brauen. »Der König ergreift Maßnahmen gegen uns«, sagte er. »Seine Männer haben bereits die Häuser und Läden von fünfzehn Mitgliedern gestürmt. Als die sich verteidigt haben, haben sie fünfzig Templer und ein Dutzend Halbriesen getötet, aber der Feind versucht, unsere Leute lebend zu fangen. Jedes Mal, wenn es ihnen gelingt, erfahren die Psi-Meister des Königs, die auch die Gedanken anderer beeinflussen können, einen oder zwei weitere Namen, und wieder wird ein wenig mehr unseres Netzes aufgedeckt. Früher oder später werden sie ein Mitglied des Ältestenrats erwischen. Wenn das geschieht...«

Sadira widerstand der Versuchung zu fragen, was vielleicht wichtiger sein könnte, als Kalak zu töten, denn wenn es eine berechtigte Antwort darauf gab, war es besser, wenn sie diese nicht kannte, falls sie einmal gefangen würde. Statt dessen sagte sie: »Ich werde den Speer für Euch holen. Wenn ich zurückkomme, werden sich die Dinge etwas beruhigt haben, und ich kann dann mit Rikus sprechen.«

Ktandeo schüttelte den Kopf. »Der Speer wird von einem Häuptling der Halblinge gefertigt. Wenn ich jemand anderen danach schicke, wird er ihn töten.«

»Das nehme ich in Kauf«, bot Sadira an. »Sendet Ihr dafür einen Heiler zu Rikus, damit er ganz sicher lebt, wenn ich zurückkomme.«

»Ich werde dich nicht in einen sicheren Tod schicken. Ich werde dich in die Sicherheit schicken«, sagte Ktandeo und griff nach seinem Stock. Er schlug mit dessen Spitze auf den Boden und fügte dann hinzu: »Und warum diese Schwärmerei für Rikus? Es gibt viele andere Gladiatoren.«

»Nicht solche wie Rikus«, wandte Sadira ein.

Ktandeo hob eine Augenbraue. »Und was ist an dem Mul so anders?«

Sadira spürte ihr Blut heiß in ihre Wangen steigen. »Er ist ein Kämpfer«, sagte sie, nahm einen Schluck Wein und stellte ihren Becher zurück auf die Bank. »Er ist der einzige Gladiator, bei dem Ihr sicher sein könnt, daß er lange genug leben wird, um während der Spiele einen exakten Wurf auf den König abzugeben.«

»Wir werden eine andere Zeit und einen anderen Ort zum Angriff finden«, antwortete Ktandeo und schaute mit gleichgültigem Gesichtsausdruck vor sich hin.

»Wenn das möglich wäre, hättet Ihr ihn bereits angegriffen«, sagte Sadira, die erkannte, daß Ktandeo mit ihr spielte und offenbar das Ausmaß ihrer Zuneigung zu Rikus zu ergründen suchte.

Sie erhob sich und fuhr fort: »Ihr habt mir gesagt, ich solle nahe an Rikus herankommen, und das habe ich getan. Wenn Euch das erzürnt, dann tut es mir leid. Es ändert aber nichts an der Tatsache, daß wir ihn brauchen. Ihr müßt ihm Hilfe zukommen lassen, und ich muß hierbleiben, bis er wieder bei Bewußtsein ist.«

»Nein! Du läßt zu, daß deine Gefühle dein Urteilsvermögen trüben!« grollte Ktandeo und erhob sich ebenfalls. »Denk nach! Wenn du in Tyr bleibst und Tithian dich findet, was kannst du ihm dann sagen? Du kannst nicht nur mich und diese Weinhandlung benennen, du kannst ihm sogar unseren ganzen Plan darlegen!«

»Dann stellt sicher, daß ich nicht gefangen werde!« antwortete Sadira.

»Das ist unmöglich, insbesondere wenn man bedenkt, was du heute abend von dir gegeben hast«, bellte Ktandeo und stieß sie mit seinem Stock vor die Brust. »Was Rikus betrifft, wenn ich ihm einen Heiler schicke und dieser Heiler gefangen würde, was wahrscheinlich ist, dann würde Tithian wissen, daß wir für den Mul etwas geplant haben. Er würde im Handumdrehen vermuten, um was es sich handelt, und dann wäre unser Plan überhaupt nichts mehr wert.«

Der alte Mann hielt inne und sah Sadira stirnrunzelnd an. Sie konnte spüren, daß ihre Lippen zitterten, aber sie wußte nicht, wie sie Ktandeo antworten sollte. Was er gesagt hatte, ergab einen Sinn, aber sie konnte die kalte Logik des alten Mannes nicht akzeptieren.

Rikus war mehr als eine hochaufragende Masse von Muskeln, die hoffentlich Kalak töten würde, und sie war mehr als eine leblose Puppe, die man beiseite legen konnte, wenn man sie nicht mehr brauchte.

»Ihr behandelt uns nicht besser als unser Herr!« fauchte Sadira. Sie griff unter die Bank und holte ihre Tasche hervor. »Ich werde Tyr nicht verlassen, bis Rikus gesund ist und ich mit ihm gesprochen habe!«

Bevor der alte Mann auch nur eine Bewegung machen konnte, um sie aufzuhalten, warf die Halbelfin den Vorhang zur Seite und eilte zum Ausgang der Weinhandlung. Als sie sich an den Gästen vorbeidrängte, die ihr die ersten beiden Becher Wein bezahlt hatten, erhob sich Ktandeos Stimme: »Komm hierher zurück!«

Sadira achtete nicht auf ihn, eilte auf den Platz hinaus und begann instinktiv die Straße in jener Richtung hinunterzulaufen, aus der sie gekommen war. Bevor sie auch nur drei Schritte getan hatte, sah sie, daß mehrere Halbriesen die Straße kurz vor ihr versperrten. Der Vorderste trug einen Helm mit einem hohen, purpurfarbenen Federbusch, einen Harnisch, der aus dem schuppigen Unterbauch eines Mekillot gefertigt war, und einen breiten Gürtel, von dem ein massives Obsidianschwert herabhing. In seinen Händen hielt er zwei Koppelriemen.

Am anderen Ende der Koppelriemen zogen zwei Cilops. Die riesigen Hundertfüßler waren so groß wie Sadira und mehr als fünfzehn Fuß lang. Ihre flachen Körper waren in ein Dutzend Segmente unterteilt, die jeweils von einem Paar dünner Beine getragen wurden. Auf ihren ovalen Köpfen saßen drei Paar scherenähnlicher Kiefer, ein einziges mehrteiliges Auge und ein Paar Fühler zum Greifen, die den Boden vor den Wesen absuchten.

Sadira trat sofort von der Straße zurück, denn die Cilops waren der schlimmste Alptraum eines entflohenen Sklaven. Sie hatte Geschichten gehört, daß diese Ungeheuer Männer über zehn Meilen felsiger Einöde hinweg verfolgt hatten – mehr als eine Woche, nachdem die Sklaven entflohen waren und obwohl ein Sturmwind ihre Spur mit zwei Metern Staub bedeckt hatte.

»Da ist das Mädchen!« schrie die bekannte Stimme eines Halbriesen. »Die da hat Pegen getötet!«

Sadiras erster, instinktiver Gedanke war, zur Weinhandlung zurückzulaufen, bevor der Halbriese die Cilops loslassen konnte.

Als sie herumfuhr und hinüberschaute, sah sie, daß sowohl Ktandeo als auch der rotbärtige Wirt sie von der Schwelle aus beobachteten, wobei ihre neugierigen Gesichter keinen Hinweis darauf lieferten, daß sie sie kannten.

»Halt, Sklavin!« rief der vorangehende Halbriese. »Halt, oder ich werde meine Babys loslassen!«

Sadira erkannte schnell, daß sie nicht zu der Weinhandlung zurückkehren konnte, wo die Halbriesen so dicht hinter ihr waren. Nicht nur, daß sie sie dann wahrscheinlich als Treffpunkt der Allianz kenntlich gemacht hätte, sondern sie hätte dann auch riskiert, daß Ktandeo gefangen worden wäre. So wütend sie auch auf ihn war, so wußte sie doch, daß sie dieses Risiko nicht auf sich nehmen konnte.

Statt dessen wandte sie sich von der Weinhandlung ab und eilte auf eine andere dunkle Gasse zu. Es war nicht sehr wahrscheinlich, daß sie entkommen würde, aber sie wußte, daß ihre größte Chance darin bestand, die Cilops in das Labyrinth der Straßen in diesem Bezirk der Stadt zu locken und sie dadurch zu verwirren, daß sie ihren eigenen Weg wieder und wieder kreuzte. Hinter ihr rief der Halbriese: »Deine letzte Chance!«

Sadira schaute über ihre Schulter und sah, daß der erste Halbriese mit den Bestien bereits den Platz betreten hatte. Unter dem Zeichen des Betrunkenen Riesen beobachteten Ktandeo und der Wirt die Szene ungerührt, wobei sie ruhig und neugierig wirkten, obwohl der alte Mann seinen Stock besorgt auf den Boden auftippen ließ.

»Mädchen, hierher!«

Als Sadira ihre Aufmerksamkeit auf ihren Fluchtweg lenkte, sah sie eine sieben Fuß große Gestalt, die ihren schlaksigen Rumpf und den hageren Kopf aus einer geöffneten Tür herausstreckte. Der Mann hatte eine helle, gelbliche Haut, dunkle Haare und spitz zulaufende Ohren, und weiche, fast weiblich anmutende Wangen und Lippen. Sein Fellumhang war offensichtlich wertvoll, wie auch eine auffallende, gefiederte Kappe auf seinem Kopf. »Welch wahnsinniges Glück«, rief Sadira.

Der Elf brach in ein breites Grinsen aus und zog dann eine Flasche aus seinem Umhang hervor. »Das wird sogar die Cilops von deinem Geruch ablenken«, sagte er. »Das verspreche ich dir.«

Sadira schaute erneut über ihre Schulter und überlegte, wie groß ihre Chancen waren, ohne die Hilfe des Elfs zu entkommen. Der Halbriese hatte den Platz inzwischen halb überquert und löste gerade die Leinen von den Halsbändern seiner Lieblinge. Hinter ihm eilten die beiden Torwächter und mehrere weitere Halbriesen aus der dunklen Straße herbei.

Sadira lief auf den Elf zu und flüsterte: »Ich weiß, daß ich es bedauern werde.«

Der Platz der Schatten

Der alte Mann blieb am Eingang einer engen Gasse stehen und spähte den schattigen Gang hinab, als schätze er die Wahrscheinlichkeit ab, angegriffen zu werden. Agis holte den Alten ein und tippte ihm sanft auf die Schulter. Der Mann fuhr herum und hob seinen hölzernen Stock, als wollte er mit dessen Knauf, einer ungewöhnlichen Kugel aus glänzendem Obsidian, zuschlagen. »Was ist?« fragte der alte Mann und stieß den Adligen mit der Spitze seines Stocks vor die Brust. Er hatte gesunde, stolze Gesichtszüge mit einer Hakennase und eine lange Mähne weißen Haars.

»Verzeiht mir«, sagte Agis. Er hob seine Hände, um deutlich zu machen, daß er keine Gewalt anwenden wollte. »Ich kenne mich in den Straßen des Elfenmarkts nicht so aus. Wäret Ihr so freundlich, mir den Weg zu einer Schenke namens der Rote Kank zu zeigen? Sie befindet sich am Platz der Schatten.«

Der alte Mann runzelte die Stirn und fragte dann: »Was wollt Ihr denn an einem Ort wie dem Platz der Schatten?«

Agis hob seine Brauen, denn es war ungewöhnlich, daß in der Gegend des Elfenmarkts einem Fremden solche Fragen gestellt wurden. »Dasselbe wie jeder andere, der dorthin geht«, antwortete er ausweichend.

Obwohl der Adlige keine genaue Vorstellung davon hatte, warum die meisten Leute zum Platz der Schatten gingen, war diese Antwort die einzige, die er geben wollte. Er hatte nicht die Absicht, dem alten Mann den wahren Grund zu nennen, warum er zum Roten Kank ging. Er hatte vor, dort eine einflußreiche Gruppe seiner Mitsenatoren zu treffen. Sie wollten die Antwort des Senats auf Kalaks Sklavenkonfiszierung erörtern, und sie alle hatten zugestimmt, daß es das beste sei, sich an einem Ort zu treffen, der wohl kaum von Spionen frequentiert wurde.

Der Fremde betrachtete Agis mehrere Momente lang, ohne zu antworten. Der Senator wollte gerade gehen, als der Alte schließlich sagte: »Ihr wäret gut beraten, den Platz der Schatten zu meiden. Es ist kein Ort, den ein Mann Eures Standes aufsuchen sollte – besonders nicht allein.«

»Eure Sorge ehrt mich«, sagte Agis. »Aber wenn Ihr mich zum Roten Kank führt, werde ich nicht mehr allein sein.«

Der alte Mann schüttelte resigniert den Kopf. »Ich hoffe, daß Eure Gefährten mehr Verstand haben als Ihr«, brummte er und deutete mit seinem Stock die Straße hinunter. »Geht diese Straße hinab, bis Ihr das Pfandhaus erreicht, dann nehmt die Straße zu Eurer Linken. Sie führt zum Platz der Schatten.«

»Meinen Dank«, erwiderte Agis und griff nach seiner Geldbörse. Der Mann legte seinen Stock mit einer schnellen Bewegung über die Hand des Adligen. »Ich will Euer Geld nicht, mein Sohn«, sagte er.

»Wenn Ihr den Markt lebend verlassen wollt, solltet Ihr Euer Gold nicht überall aufblitzen lassen.«

Agis nahm seine Hand von seiner Geldbörse fort, ohne auf den dumpfen Schmerz in seinen Knöcheln zu achten. »Noch irgendwelche Ratschläge?«

»Ja«, sagte der weißhaarige Mann. Er führte seinen Stock über den Umhang des Adligen und schlug leicht auf den verborgenen Stahldolch. »Egal was geschieht, laßt dieses Ding in seiner Scheide. Ihr werdet erheblich länger leben.«

Angesichts des früheren Ratschlags des Fremden, den Platz der Schatten zu meiden, schien diese letzte Bemerkung besonders bedeutungsvoll. »Gibt es einen Grund dafür, daß Ihr versucht, mich vom Platz der Schatten fernzuhalten?«

»Nicht wirklich«, erwiderte der alte Mann. »Für mich bedeutet es schließlich keinen Unterschied, ob Ihr lebt oder tot seid.« Mit diesen Worten wandte er sich um und betrat eine nahegelegene Gasse.

Agis dachte stirnrunzelnd über die Abschiedsworte des Fremden nach und bedeutete Caro dann, er solle ihm folgen. Er hatte den Zwerg angewiesen, zurückzubleiben, damit der alte Mann nicht von dem Herannahen zweier Fremder erschreckt würde. Nach den leichten Schlägen, die seine Knöchel und seine Brust erlitten hatten, war der Adlige froh, daß er den alten Burschen nicht noch mehr erschreckt hatte.

Als der Diener heranhumpelte, wunderte sich Agis erneut darüber, wie geschickt der alte Zwerg aus Tithians Preßpatrouille geflohen war. Ein durstiger und zerschundener Caro war am selben Abend, an dem der Hochtempler Agis' männliche Sklaven konfisziert hatte, zu den Ländereien der Asticles zurückgekehrt. Nach dem, was der Zwerg berichtete, hatte er nach wenigen Meilen vorgegeben, er werde gleich zusammenbrechen. Als die Templer ihn getreten und geschlagen hatten, um ihn zum Weitergehen zu bewegen, hatte Caro sich geweigert, sich zu rühren oder auch nur aufzuschauen. Schließlich hatte Tithian angeordnet, den Zwerg am Weg zurückzulassen. Als die Kolonne weitergezogen war, war Caro zum Herrenhaus zurückgekehrt.

Agis war überrascht darüber, daß ein so einfacher Fluchtplan funktioniert hatte, aber er wunderte sich nicht, daß Caro zurückgekehrt war. Der alte Sklave hatte sein ganzes Leben dem Dienst an der Asticles-Familie gewidmet, und er war auf typische Zwergenart bereit, eher jedes Ungemach zu ertragen, als seine Pflichten zu vergessen.

Als Caro ihn eingeholt hatte, deutete Agis die Straße hinab und sagte: »Der alte Mann hat mich davor gewarnt, zum Platz der Schatten zu gehen. Hast du jemals gehört, daß es dort besonders gefährlich sein soll?«

»Nein, und ich bezweifle, daß Eure Freunde vorgeschlagen hätten, Euch dort zu treffen, wenn es so wäre«, erwiderte Caro und blinzelte zu Agis hoch.

Auf einer der runzligen Wangen von Caro war ein blauer Fleck von der Größe einer Faust zu sehen. Unter dem Gewand des Zwerges verborgen gab es mehrere gleichartige Wundmale und einige Wunden, die Peitschen verursacht hatten. Obwohl Agis wütend war, daß sein Diener offensichtlich Schläge erhalten hatte, war er doch auch erleichtert, daß der alte Mann nicht mehr erlitten hatte. So wie Caro seine Mißhandlung beschrieben hatte, hatte Agis erwartet, daß sein Sklave jede Menge gebrochener Knochen und tiefer, purpurfarbener Wunden vom Kopf bis zu den Zehen davongetragen hätte. Aber der Senator wußte auch, daß selbst eine kleine Wunde schmerzhaft, wenn nicht gefährlich für jemanden sein konnte, der so alt war wie Caro.

»Es sind erst zwei Tage seit deiner Flucht vergangen«, sagte Agis. »Bist du sicher, daß du es schaffst?«

»Sagte ich das nicht?«

»Ja, aber ich weiß, wie Zwerge sind«, erwiderte der Adlige. »Ihr sterbt lieber, bevor ihr zugebt, daß ihr eine Ruhepause braucht.«

»Es geht mir gut«, erwiderte Caro. »Laßt uns weitergehen.«

Agis begann die schmale Straße hinabzugehen, während sein Diener einen Schritt hinter ihm blieb, um auf Taschendiebe zu achten. Obwohl die Mittagssonne Ziegelsteine hätte backen können, hemmte die Hitze die lärmende Geschäftigkeit auf dem Elfenmarkt nicht. Die Straße war von zwei- und dreistöckigen Gebäuden gesäumt, die nicht verputzt oder gestrichen waren, sondern einfach den natürlichen Grauton ihrer Ziegelsteine zeigten. Das erste Stockwerk jedes Gebäudes beherbergte einen Laden mit einer breiten Tür und einer offenen Ladentheke, die sich auf den Gehweg öffnete. Die listigen, ledrigen Gesichter der Elfenhändler lugten aus jedem Fenster und jeder Tür heraus. Sie baten die Passanten herein, um die fremdartigen Waren vorzuführen, die ihre Stämme nach Tyr gebracht hatten: reißfeste Riesenhaarseile aus Balic, Fingerknochenketten aus Gulg, Schilde von undurchdringlichem Agafariholz aus Nibenay, sogar Felle von den legendären Treibsandinseln.

Manchmal lehnte auch ein Elf seinen schlanken Körper über eine Ladentheke, um am Ärmel eines gutgekleideten Menschen zu zupfen oder einem unvorsichtigen Wanderer das Geld aus der Tasche zu ziehen. Ein anderes Mal blokkierte einer der baumlangen Ladeninhaber den Weg eines eingeschüchterten Kunden und schwatzte ihm mit melodiöser Stimme irgendwelchen wertlosen Tand auf.

Mitten auf der Straße drängelten sich Männer und Frauen aller Rassen eilig vorwärts. Ihre Hände umklammerten ihre Geldbörsen, und ihre Augen blieben wachsam. Manchmal teilte sich der Strom der Passanten, wenn er an einem Schutthaufen oder an zwei streitenden Elfen, die zweifellos Helfershelfer der Taschendiebe waren, vorbeikam.

Auch Agis ging mitten auf der Straße, denn er hatte kein Interesse an den Dingen, die die Elfen anzubieten hatten. Die meisten von ihnen vertraten Nomadenstämme, die an einem Ort reichlich Waren kauften und sie dann durch die Wüste beförderten, um sie an einem anderen Ort, an dem diese Dinge rar waren, zu verkaufen.

Theoretisch taten sie nichts anderes als jeder andere Händler auch, aber die verschlagenen Elfen waren selten mit einem ehrlichen Gewinn zufrieden. Elfenstämme kauften gewöhnlich minderwertige Ware und verkauften sie zu Wucherpreisen, oder sie raubten rechtmäßige Händler an entlegenen Stellen der Wüste aus und verkauften die gestohlenen Ladungen als ihre eigenen.

Nachdem er sich mehrere Minuten lang durch die Menge gekämpft hatte, erreichte Agis jenen Punkt, auf den der alte Mann hingewiesen hatte – ein verfallenes Pfandhaus, gekennzeichnet durch drei Keramikkugeln über der Tür. Er verließ den Strom der Passanten und ging auf die Gasse zu, hielt dann aber inne, um sicherzugehen, daß Caro folgen konnte.

»He, Bursche!«

Die Stimme gehörte einem goldhaarigen Elf, der am Eingang der Gasse an einer Wand lehnte. Er war groß, sogar größer als die meisten seiner Art, hatte seinen schlanken Körper in einen lohfarbenen Burnus gehüllt und musterte Agis aus wasserblauen Augen in einem wettergegerbten Gesicht. »Sucht Ihr magisches Zubehör? Ich habe Glühwürmchen. Ich habe Bergulmenholz. Ich habe sogar pulverisiertes Eisen.«

»Erlauben die Gesetze des Königs denn den Verkauf dieses Zeugs?« fragte Agis und hoffte, den Hökerer damit zum Schweigen zu bringen.

Der Elf hob sein ausgemergeltes Kinn. »Seid Ihr denn ein Templer?«

»Nein.«

»Was kümmert es Euch dann?« Der Elf wandte sich entrüstet ab und ermöglichte dem Adligen damit nur noch einen Blick auf ein schmutzstarrendes, spitz zulaufendes Ohr.

Agis betrat die Gasse, und Caro folgte ihm. Die hohen Gebäude boten ein wenig Schutz vor der Sonne, aber wenig Erleichterung vor der drückenden Hitze des Tages. Trotzdem hatten Vergessene und Bettler Zuflucht in den Schatten genommen und säumten jetzt beide Seiten des engen Durchgangs. Als Agis mühsam über ihre Beine hinwegstieg, streckten sie ihre knochigen Hände aus und erfüllten die Gasse mit verzweifelten Bitten um Wasser und Geld.

Agis widerstand der Versuchung, eine Handvoll Münzen herzugeben, und schaute über seine Schulter zu Caro zurück. »Das kommt davon, wenn sich ein König mehr um die Magie kümmert als um seine Untertanen«, sagte er ärgerlich. »Wenn Kalak meinen Vorschlag, Armenhäuser außerhalb Tyrs einzurichten, nicht abgelehnt hätte, dann hätten diese Leute Nahrung, Wasser und Betten.«

»Sie sind frei«, erwiderte Caro. »Zumindest haben sie das.«

»Die Freiheit wird ihre Kehlen nicht benetzen«, fauchte Agis. »Du bist die meiste Zeit deines Lebens Diener gewesen. Du weißt, daß eine solche Stellung bedeutet, daß man immer genug zu trinken und zu essen hat und ein weiches Bett, um darin zu schlafen.«

»Ich würde im Austausch für meine Freiheit gern ein paar Tage hungern und dursten«, erwiderte Caro und trat neben Agis. »Schon die ganze Zeit, seit du der Preßpatrouille entkommen bist, redest du so. Warum?« fragte Agis. »Brauchst du irgend etwas? Frage einfach, du weißt doch, daß ich es dir geben werde.«

»Ich brauche meine Freiheit«, antwortete Caro starrköpfig.

»Damit du dich diesen armen Kerlen anschließen kannst? Ich würde das nicht tun. Als mein Diener bist du besser dran«, sagte Agis. Er deutete mit der Hand über die Gasse voller Vergessener. »Sie wären alle als meine Sklaven besser dran.«

»Aber...«

»Ich werde nicht weiter darüber diskutieren, Caro«, sagte Agis, als sie das andere Ende der übelriechenden Gasse erreicht hatten. »Sprich das Thema nicht wieder an.«

»Wie Ihr wünscht«, sagte der Zwerg und fiel erneut einen Schritt hinter seinen Herrn zurück.

Wie der alte Mann gesagt hatte, führte die Gasse auf einen Platz. Das Treiben auf dem Platz der Schatten schien chaotischer zu sein als auf der Händlerstraße, durch die sie zuerst gekommen waren, aber Agis sah nichts besonders Gefährliches. Dutzende von Zelten waren von den Elfen errichtet worden, die entweder zu arm waren oder zu billige Produkte feilboten, um Ladenräume zu mieten. Diese Elfen sprachen oft vergeblich die Dutzende von Halbelfen, Zwergen und Menschen an, die große Keramikkannen zum Mittelpunkt des Platzes trugen. Dort nahmen ein Templer und zwei Halbriesenwächter für das Privileg, einen Krug am öffentlichen Brunnen füllen zu dürfen, Geld ein. Es war ein langsamer und ermüdender Vorgang, der eine lange Warteschlange zur Folge hatte, denn der Brunnen bestand aus einem einzigen Rinnsal, das aus dem Mund einer Statue tröpfelte. Der Künstler hatte einen Braxat aus dem Stein gestaltet, ein riesiges, buckliges Wesen, das eine Kreuzung zwischen einem Baazrag und einem gehörnten Chamäleon zu sein schien. Es stand auf seinen Hinterbeinen und hatte einen dicken Rückenschild, der seinen Rücken und Hals bedeckte. Agis hatte keine Vorstellung davon, warum die Bildhauer des Königs solch eine groteske Bestie als Brunnenfigur erwählt hatten. Vielleicht sollte sie nur die Neugier der Bewohner der Stadt auf seltene Lebewesen, die das Ödland durchstreiften, befriedigen.

Agis wandte seinen Blick von dem Brunnen ab und ging am Rande des Platzes entlang, wobei er aufmerksam die Symbole musterte, die über die Eingänge der Gebäude gemalt waren. Es war keine Schrift auf den Symbolen zu sehen, denn in Tyr, wie auch in den meisten anderen athasischen Städten, war es nur Adligen und Templern erlaubt, zu lesen oder zu schreiben.

Schließlich kam Agis zu einem roten Zeichen, das einen Kank darstellte, jenes Rieseninsekt, das Karawanenführer oft als Lasttiere benutzten. Auf dem Kank war ein Mann zu sehen, und vom Bauch des Insekts hing ein Honigkügelchen herab. Weil er annahm, daß er den Roten Kank erreicht hatte, betrat Agis die Schenke. Caro folgte ihm auf dem Fuße.

Nur von einer Handvoll kleiner Fenster erleuchtet, war das Innere des Gebäudes ziemlich düster. Als Agis durch die Tür trat und darauf wartete, daß sich seine Augen an die Dunkelheit gewöhnten, verstummte das Stimmengewirr im Inneren sehr schnell. Als sich seine Augen schließlich den Schatten angepaßt hatten, stellte Agis fest, daß er sich in einem kleinen, quadratischen Raum befand. Dutzende mürrischer Augenpaare starrten ihn mit unduldsamem Ausdruck an, während ihre Besitzer ihre Hände fest um die Becher mit gegorenem Kanknektar, der in der Stadt Broy genannt wurde, geschlossen hielten.

Ein muskulöser Mann mit einer schmutzigen Leinenschürze deutete mit dem Daumen auf mehrere Stufen. »Eure Freunde sind dort oben, mein Herr.«

Agis nickte dem Besitzer dankend zu, stieg dann die Stufen hinauf und betrat eine Veranda im zweiten Stock, von der aus er über den Platz der Schatten schauen konnte. Im Hintergrund erhob sich Kalaks gewaltige Zikkurat, die über den Platz hinausragte wie eine dunkle Wolke.

Vier Adlige, die sehr leicht an ihrer stolzen Haltung und ihrem gepflegten Äußeren zu erkennen waren, saßen an einem Tisch am Rande der Galerie. Wie Agis waren auch sie alle Senatoren und Anführer unterschiedlicher Gruppierungen. Eine Halbelfendienerin mit feuerfarbenem Haar und einem tief ausgeschnittenen Leibchen stand neben dem Tisch und lachte belustigt über einen zotigen Scherz.

Als Agis auf den Tisch zutrat, bemerkte ihn ein hellhäutiger Mann mit eckigem Kinn. »Willkommen, Agis!« rief Beryl. »Sagt mir, habt Ihr es etwa geschafft, mit Eurem Geld hier anzukommen?«

Agis legte eine Hand auf seine Hüfte und spürte, daß seine Geldbörse noch immer von seinem Gürtel hinabhing. »Das habe ich tatsächlich geschafft.«

»Gut!« brüllte Dyan, ein Fürst mit einem Doppelkinn und rundlicher Gestalt. »Dann könnt Ihr bezahlen!«

Ein schlanker Mann mit langen, blonden Haaren bot Agis einen Stuhl an seiner Seite an. »Ihr könnt Euer Geld genausogut hier ausgeben, mein Freund. Ihr werdet den Elfenmarkt niemals mit voller Geldbörse verlassen.« Kiahs Stimme klang warm. Wie immer, wenn er das Geld eines anderen ausgab. Er war der Anführer einer formalen Vereinigung an Geschäften interessierter Adliger. Agis nahm das Angebot an und bestellte einen Becher Broy, während Caro hinter ihm stehenblieb. Es waren keine anderen Diener anwesend, offenbar hatte Tithian alle konfisziert. Sobald die Dienstmagd fortgegangen war, um Agis' Getränk zu holen, nickte Dyan in Caros Richtung. »Vielleicht wäre es klug, Euren Diener nach unten zu schicken.«

Da er einsah, daß sich die anderen Adligen wohler fühlen würden, wenn sie ihre heikle Tagesordnung besprechen könnten, ohne daß ein Sklave anwesend war, nickte Agis Caro zu. »Warte unten. Laß alles, was du ißt oder trinkst mir anschreiben.«

Der alte Zwerg neigte den Kopf und ging ohne ein Wort davon.

»Ihr seid zu freundlich zu Euren Sklaven«, sagte Kiah. »Das läßt sie anmaßend werden.«

»Im Gegenteil«, erwiderte Agis. »Deswegen halten sie mir die Treue. Ich garantiere Euch, daß Caro das Privileg, das ich ihm gerade zugestanden habe, nicht mißbrauchen wird.«

»Laßt uns zur Sache kommen, solange die Bedienung fort ist«, sagte Dyan. »Mirabel ist vielleicht keine Feindin der Templer, aber sie ist auch nicht unsere Freundin. Ich halte es nicht für gänzlich ausgeschlossen, daß sie sich eine oder zwei Münzen dazu verdient, indem sie verkauft, was sie von unserer Unterhaltung mitbekommt.«

Agis fing sofort an. »Wir sind uns alle einig, daß Kalak Tyr in den Ruin treibt. Die Eisenmine zu schließen, war schlimm genug, aber dadurch, daß er unsere Sklaven konfisziert hat, hat er die ganze Stadt zum Hungern verurteilt.«

»Was schlagt Ihr vor?« fragte Jaseela, die als einzige bisher noch nicht gesprochen hatte. Sie war eine launische Schönheit mit seidigem, schwarzem Haar, das bis auf ihre Taille hinabhing, einer guten Figur und einem prächtigen Gesicht, in dem ihre haselnußbraunen Augen auffielen. Jaseelas Reden wurden in der Senatskammer selten gut aufgenommen, da sie oft ans Aufrührerische grenzten. Dennoch bewunderten selbst ihre größten Gegner ihren Mut, sich so konsequent gegen Kalak auszusprechen.

»Vorausgesetzt, daß die Interessen von uns allen in dieser Angelegenheit gleichgerichtet sind, dachte ich, wir könnten uns an eine Lösung heranarbeiten«, sagte Agis. »Unter uns fünf gesprochen, wir haben genug Einfluß, um sicherzustellen, daß jede Entschließung den Senat praktisch unwidersprochen passiert.«

Die anderen drei Männer nickten, nur Jaseela rollte ihre haselnußbraunen Augen und schaute über den Platz hinaus.

Agis fuhr fort: »Laßt uns bei Sonnenaufgang zu einer Notstandssitzung zusammenkommen. Wir werden gemeinsam eine Entschließung verantworten, in der wir fordern, daß der König unsere Sklaven zurückbringt und die Eisenmine wieder eröffnet. Durch unseren Einfluß ist sichergestellt, daß wir einheitliche Unterstützung bekommen. Selbst der König wird uns nicht ignorieren können.«

»Er wird uns nicht ignorieren können, das ist wahr«, wandte Dyan ein. »Er wird uns ermorden lassen.«

Beryl fügte hinzu: »Selbst wenn wir überleben, so hat Kalak in tausend Jahren bei keiner Angelegenheit, die ihm wichtiger war, auf den Senat gehört. Was läßt Euch glauben, daß er jetzt damit anfangen würde?«

»Wenn er es nicht tut, werden wir unsere Steuern zurückhalten. Wir werden unsere Felder verbrennen«, sagte Agis erregt. »Wir werden uns auflehnen!«

»Wovon Ihr da redet, das ist Selbstmord«, bemerkte Dyan und schüttelte den Kopf. »Ihr redet dummes Zeug. Wir können den König nicht zwingen, etwas zu tun, was er nicht tun will. Er wird uns alle töten.«

»Was werden wir dann tun?« fragte Agis.

Beryl schaute zur Zikkurat hinüber. »Nichts. Kalak baut schon seit hundert Jahren an der Zikkurat. Unsere Großväter und unsere Väter haben es geschafft, seine Mißwirtschaft zu überleben, und das werden wir auch. Jetzt, da der Turm in weniger als einem Monat fertiggestellt sein soll, wären wir Narren, wenn wir uns dagegenstellen würden.«

»In einem Monat wird mein Faro verdorrt sein und absterben«, sagte Agis. »Ohne genug Sklaven, die meine Brunnen beaufsichtigen und das Land bewässern, verbrennen meine Felder. Ihr seid doch sicher nicht besser dran als ich.«

»Was denn? Wird denn jemand von uns hungern?« fragte Dyan und hob seine plumpen Schultern. »Ich habe jedenfalls keinerlei Absicht, mein Leben zu riskieren, um Sklaven und Vergessene zu nähren.« Kiah legte eine Hand auf Agis' Schulter. »Ihr übertreibt, mein Freund«, sagte er. »Wenn Ihr es aus einem bestimmten Blickwinkel betrachtet, ist die Situation vorteilhaft für uns.« Er hielt inne und lächelte den anderen Adligen zu. »Ich bin sicher, daß wir alle irgendwelche Vorratslager unterhalten. Wenn die Wirkungen der Konfiszierung erst einmal einsetzen, werden diese Vorratslager zehnmal soviel wert sein wie jetzt. Wenn wir irgendeine Vereinbarung zwischen uns und den anderen Adligen erreichen könnten, könnten wir den Preis sogar noch höher treiben.«

Agis schüttelte Kiahs Hand von seiner Schulter ab und stand auf. »Sind wir denn nur an Gold interessiert und daran, unsere eigenen fetten Hälse zu schützen?« fragte er. »Bei den Monden, ich kann nicht glauben, was ich höre!«

Mirabel trat mit Agis' Broy in den Raum. Er kehrte schnell zu seinem Sitzplatz zurück und gab vor, über irgendeinen obskuren Scherz zu lachen. Als sie die klebrige Flüssigkeit vor ihn hingestellt hatte, reichte Dyan ihr sofort einen leeren Becher und sagte: »Sei ein gutes Mädchen und bring mir einen weiteren Becher Wein.«

Sobald Mirabel in die Schenke zurückgegangen war, nahm Agis seinen Gedanken wieder auf. »Wenn wir es zulassen, daß unsere Angst vor Kalak uns einschüchtert, sind wir nicht besser als seine Sklaven.«

»Wenn Ihr mir einen Plan aufzeigt, der funktionieren kann, werde ich mit Euch gehen«, sagte Dyan. »Aber ich werde nicht mein Leben und meine Ländereien aufs Spiel setzen, indem ich eine bedeutungslose Entschließung mitverantworte, die Kalak ohnehin ignoriert.« Er schüttelte den Kopf, um seiner Ansicht Nachdruck zu verleihen.

»Er hat recht, Agis«, sagte Beryl, der seine Augen nicht von seinem Becher hob. »Der Senat kann nichts tun.«

»Vielleicht müssen wir außerhalb des Senats etwas tun«,

sagte Jaseela und zog die Aufmerksamkeit der Senatoren auf sich, als sie auf einmal ihr langes Schweigen brach.

»Wie zum Beispiel?« fragte Kiah.

»Zum Beispiel, indem wir ihn töten.«

Auf der Galerie wurde es totenstill. Schließlich fragte Dyan: »Indem wir wen genau töten?«

»Ihr wißt, von wem ich spreche«, erwiderte sie und richtete ihre haselnußbraunen Augen reihum auf jeden der Männer.

»Königsmord?« keuchte Dyan und stieß seinen Stuhl vom Tisch zurück. »Seid Ihr wahnsinnig?«

»Er ist zu mächtig«, wandte Beryl ein.

»Was würde mit der Stadt geschehen?« fragte Kiah und deutete mit der Hand auf das Handelszentrum auf der anderen Seite der Zikkurat. »Die politische und ökonomische Struktur Tyrs würde zusammenbrechen. Wir könnten unsere Ernten nicht verkaufen.«

Agis blieb nachdenklich und versuchte zu entscheiden, ob Jaseela recht haben könnte. Vielleicht war es wirklich der einzige Weg, Tyr zu retten. Vielleicht mußten sie dafür wirklich den König töten. Es war für ihn schwer, den Gedanken zu akzeptieren, denn es bedeutete, das Fundament der uralten Sozialordnung Tyrs zu zerstören. Er konnte nicht leugnen, daß vieles in der Stadt falsch lief – die Korruption der Templer, die Armut der Massen, die Ungerechtigkeit von Kalaks Gesetzen –, aber er hatte immer geglaubt, daß diese Dinge durch Bemühungen innerhalb der bestehenden Ordnung bereinigt werden könnten. Er war nicht sicher, ob er bereit war, diese Vorstellung aufzugeben.

Jaseelas Meinung stand jedoch fest. »Meine Herren, alle Ihre Einwände können widerlegt werden«, sagte sie und stützte ihre Ellenbogen auf. »Die Frage ist, ob wir zulassen wollen, daß Kalak unsere Stadt ruiniert, oder nicht?«

Kiah schüttelte den Kopf. »Nein. Die Situation ist schwieriger, als Ihr annehmt. Was ist mit den Templern? Wie werden sie reagieren, wenn Kalak getötet wird. Wie wird…«

»Die Frage, die sich uns stellt, ist einfach«, unterbrach Jaseela ihn und stand auf. »Sind wir Adlige oder sind wir Sklaven?«

Als niemand antwortete, blickte die Adlige aus ihren haselnußbraunen Augen Agis an. »Was ist mit Euch?« fragte sie. »Ihr wart derjenige, der sich gegen den König auflehnen wollte. Bleibt Euer Mut auf die Senatskammer beschränkt, oder seid Ihr bereit, für das zu kämpfen, woran Ihr glaubt?«

Agis begegnete ihrem fragenden Blick mit ruhigem Gesichtsausdruck. »Ich habe zehn Jahre lang im Senat gekämpft…«

»Könnt Ihr auch nur eine einzige Entschließung aus dieser Zeit nennen, die Tyr tatsächlich zu einem besseren Ort für irgend jemanden außer uns selbst gemacht hat?« fragte Jaseela.

Agis überdachte die Frage einen Moment und schaute dann in seinen Becher mit Broy.

»Natürlich nicht«, antwortete sie für ihn. »Die Templer sind korrupt, der Senat ist korrupt und auch der Adel.«

»Also sollten wir das alles zerstören und neu anfangen?« fragte Agis. »Das klingt fast so, als wäret Ihr ein Mitglied der Verschleierten Allianz!«

»Ich wünschte, ich wäre es«, sagte Jaseela bitter. Sie wandte sich ab. »Zumindest haben sie Kalak genug Ärger bereitet, um seine Aufmerksamkeit auf sich zu ziehen.«

Agis erhob sich, um sie aufzuhalten, aber bevor er den Tisch verließ, fiel sein Blick auf einen Auflauf auf dem Platz unter ihnen. »Geht noch nicht, Jaseela«, sagte er und trat an das Fenster der Veranda. »Auf dem Platz geht etwas vor.«

Jaseela und die anderen Adligen gesellten sich zu ihm.

Dutzende von Bettlern drängten aus den engen Gassen auf den Platz. Aus den Elfenzelten stieg ein Summen ängstlicher Stimmen auf, während die Händler eilig ihre Waren in Bündel packten. Verwirrte Bewohner warfen ihre Wasserkrüge beiseite und versuchten, sich durch die Masse der auf den Platz strömenden Bettler hindurchzudrängen.

Kiah suchte den Himmel über den Gebäuden rund um den Platz ab. »Es ist kein Rauch zu sehen, also scheint es sich nicht um ein Feuer zu handeln.«

Die fünf Adligen beobachteten den Platz schweigend einige Augenblicke lang. Die Menschen auf dem Platz gerieten immer mehr in Panik, während immer mehr Bettler und Vergessene aus allen Richtungen herbeiströmten. Schon bald drängten sich Hunderte von Leuten auf dem kleinen Platz zusammen, wobei die eine Hälfte von ihnen sich zur Mitte hin versammelte, während sich die andere Hälfte den den Platz umgebenden Gebäuden zuwandte. Die meisten der Elfen hatten ihre Waren in ihre Zelte gewickelt und bahnten sich zu zweit oder dritt ihren Weg durch die Menge.

Agis wandte sich um, um eine Gasse hinabzuspähen, die am Roten Kank entlang führte. Er blickte plötzlich einem Halbriesen in die Augen, die so groß waren wie Teller. Unter diesen Augen führte eine riesige Nase zu einem unförmigen, dicklippigen Mund.

»Im Namen des Königs, bleibt von der Mauer fort!« befahl der Halbriese. Er brauchte seinen Kopf nur ein wenig zurückzulegen, um Agis ansehen zu können.

Agis gehorchte und griff nach seinem Becher mit Broy. Der Wächter wandte seine Aufmerksamkeit wieder der Gasse zu, trat fröhlich nach mehreren Bettlern und trieb die armen Kerle auf den Platz. Als der Halbriese am Roten Kank erst einmal vorbei war, verschwanden Dyan, Beryl und Kiah sofort in der Schenke. Agis und Jaseela blieben, wo sie waren, um zu beobachten, was als nächstes geschehen würde.

Aus jeder Gasse tauchte einer der riesigen Soldaten des Königs auf, der jeweils seine Füße und eine Keule aus polierten Knochen benutzte, um kleine Gruppen erschreckter Bettler vor sich herzutreiben. Hinter den Halbriesen erschienen Templer, die mit Peitschen und langen, schwarzen Seilen bewaffnet waren. Agis und Jaseela konnten sehen, wie die Templer an den Rand des Platzes traten und begannen, die Leute in zwei Gruppen aufzuteilen. Sie erlaubten einer Gruppe, den Platz zu verlassen und banden dann die Hände derer, die übriggeblieben waren, in Schlingen an den schwarzen Seilen fest. Soweit Agis es beurteilen konnte, war das einzige, was entschied, ob die Templer jemanden gehen ließen oder ihn an einem Seil festbanden, ob der Gefangene ein Bestechungsgeld aufbringen konnte oder nicht.

»Tithian ist wirklich ein kluger Bursche«, bemerkte Jaseela sarkastisch. »Ich hätte niemals gedacht, daß der Arbeitermangel dadurch zu lösen wäre, daß man Bettler versklavt.«

»Ich frage mich, ob es Tithian wohl in den Sinn gekommen ist, daß die Halbriesen des Königs der Zikkurat viel nützlicher wären als unsere Sklaven oder diese Vergessenen«, sagte Agis und schaute zu Jaseela hinüber.

»Ich bin sicher, daß er das bedacht hat, aber habt Ihr jemals einen Halbriesen gekannt, der eine ehrliche Tagesarbeit verrichtet hätte?« entgegnete Jaseela. »Und außerdem, wenn er die Wächter des Königs versklaven würde, wer würde sich dann um die Verschleierte Allianz kümmern?«

Unter der Veranda des Roten Kank befreite sich ein Vergessener von dem Sklavenseil und rannte auf die Gasse zu. Ein Halbriese bewegte sich schwerfällig hinter dem Flüchtling her und brüllte vor Aufregung. Er erwischte den unglücklichen Kerl vor der Schenke und stieß den hungrigen Bettler mit einem gutgezielten Schlag der Knochenkeule gegen die Wand.

Der Wächter blieb wenige Fuß vor der Veranda stehen und spähte zu den Adligen hinauf. »Ein schöner Schlag, wie?« frohlockte er und zeigte seine blutige Keule.

Im selben Moment flammte ein silberner Blitz hinter dem Wächter auf, und ein Donnerschlag rollte über den Platz. Agis schaute in die Richtung, aus der das Geräusch kam, und sah einen anderen Halbriesen mit einem rauchenden Loch auf dem Rücken aufs Pflaster stürzen.

Ein erschrecktes Murmeln rauschte über den Platz, und die Männer des Königs hörten auf, Sklaven zusammenzutreiben, und betrachteten ihren gefallenen Kameraden. Plötzlich schossen goldene Energiepfeile aus Ladenfenstern und Gassen rund um den Platz und trafen Templer und Halbriesen mit furchterregender Genauigkeit. Mehrere schwarzgekleidete Aufseher brachen zusammen. Andere verschwanden in der Menge. Einige der Halbriesen wurden getroffen, ohne umzustürzen. Sie brüllten nur schmerzerfüllt auf und legten ihre Hände auf die scheußlichen Verbrennungen, die sie brandmarkten, wann immer die goldenen Strahlen getroffen hatten.

Der Wächter vor dem Roten Kank stand mit dem Rücken zu den Adligen und schaute von einer Seite des Platzes zur anderen.

»Seht!« Jaseela deutete auf eine Gestalt, hinter der Theke eines nahegelegenen Ladens.

Die Gestalt trug ein blaues Gewand mit einem weißen Gesichtsschleier. Unter dem Schleier ragte eine kleine, gelbe Röhre hervor, die auf einen verwundeten Halbriesen in einiger Entfernung gerichtet war. Während die Adligen die

Szene beobachteten, schloß eine Handvoll schimmernder Kugeln aus der Röhre heraus. Als sie den verwundeten Wächter trafen, brachen sie in einen Sprühregen leuchtenden Feuers aus. Der Halbriese fiel ohne Geräusch zu Boden. Der Wächter vor dem Roten Kank hob seine Keule und eilte auf die Gestalt zu, hielt aber inne, als Jaseela rief: »Dort ist noch einer!«

Sie deutete auf eine nahegelegene Gasse, wo eine knisternde Flamme aus den ausgestreckten Fingern einer blaugekleideten Gestalt strömte und den Kopf eines anderen Wächters versengte. »Magier!« keuchte Agis. »Das muß die Verschleierte Allianz sein!«

Ein Templer in ihrer Nähe hob drei Steine vom Boden auf.

»Im Namen des Mächtigen Kalak, laß diese Wurfgeschosse die Feinde des Königs töten!«

Der Templer warf die Steine auf den Magier, der mit dem Feuerstrom angriff. Sobald er sie geworfen hatte, schossen alle drei Steine wie Pfeile durch die Luft und trafen die verschleierte Person mitten auf die Stirn. Der Magier brach zusammen und besprühte die Mauern der Gasse mit großartigen Strahlen glänzenden Feuers.

Der Halbriese vor der Schenke trat auf den Magier zu. Im selben Augenblick zog Jaseela ein Stahlstilett unter ihrem Umgang hervor.

»Was tut Ihr?« fragte Agis.

»Mich an dem Kampf beteiligen«, erwiderte Jaseela. »Was ist mit Euch?«

Mit diesen Worten sprang sie auf die Mauer und ließ sich auf den Rücken des Wächters fallen. Als die Adlige landete, warf sie ihren freien Arm über die Schulter des Halbriesen und griff um seinen massigen Hals herum, um ihren Dolch tief in seiner weichen Kehle zu versenken.

Der Halbriese brüllte vor Wut. Nachdem er seine Keule

fallen gelassen hatte, packte er Jaseelas Kopf mit einer wuchtigen Hand und ergriff mit der anderen ihren Dolch.

Agis beobachtete den Angriff der Adligen voller Entsetzen. Im Handumdrehen hatte sich Jaseela zur offenen Rebellion gegen Kalak bekannt. Wenn jemand sie später als eine Teilnehmerin dieses Überfalls identifizieren würde, was angesichts der Vielzahl der Leute auf dem Platz wahrscheinlich schien, würden ihre Ländereien konfisziert werden, und es würden Befehle erlassen werden, sie zu töten, wo immer sie sich sehen ließ. Jaseela tauchte unter dem ungeschickten Griff des Halbriesen hindurch und glitt dann seinen Rücken hinab, wobei sie noch immer ihren Dolch umklammert hielt. Die Klinge eröffnete eine lange, klaffende Wunde an seinem Hals und glitt dann plötzlich heraus. Die Adlige ließ sich schließlich zu Boden fallen. Ihr Arm war mit dunklem Blut getränkt.

Der Halbriese fuhr herum. Er preßte eine wuchtige Hand auf die klaffende Wunde an seinem Hals, konnte aber den Blutfluß nicht stoppen. Hellrote Blasen erschienen zwischen seinen Fingern. Er stieß gurgelnd eine unverständliche Drohung hervor und hob seine freie Hand, um zuzuschlagen.

In der Erkenntnis, daß sogar ein verwundeter Halbriese die Adlige mit nur einem Schlag zerschmettern konnte, atmete Agis tief durch und machte sich bereit, ihr zu helfen. Mit ein wenig Glück konnte er den Weg benutzen, um Jaseela zu retten, und niemand würde jemals etwas davon erfahren. Der Adlige konzentrierte seine Gedanken auf seinen Energienexus, ballte dann die Hand zur Faust und wandte die Knöchel der Brust des Wächters zu. In seinen Gedanken stellte er sich ein mystisches Seil aus Energie vor, das von seinem Nexus in seinen Arm floß. Im Geiste formte Agis die Energie, die er in eine riesige Faust heraufbeschworen hatte. Er zog seinen Arm zurück und schlug auf den Wächter ein, während er gleichzeitig seinen paranormalen Angriff startete.

Die unsichtbare Faust traf ihr Ziel genau vor die Brust. Der Halbriese stolperte auf seinen plumpen Füßen nach hinten, aber er fiel nicht. Statt dessen schüttelte er seine struppigen Brauen, betrachtete Jaseela genauer und schlug sie dann mit der Kante seiner geöffneten Hand. Ein erstaunter Schrei entwich deren Lippen, als der Schlag sie gegen die Wand der Schenke warf. Sie sank zu Boden, und der Halbriese griff hinab, um sie hochzuheben.

Agis verfluchte seine Zaghaftigkeit und Zurückhaltung, wo er unerschrocken hätte sein sollen. Er hatte den Weg nicht benutzt, weil es die beste Methode war, Jaseela zu retten, sondern weil er Angst hatte, sich offen auf den Aufstand einzulassen.

Jaseela hatte kein derartiges Zögern gezeigt. Sie hatte erkannt, was richtig war, und hatte es sofort getan.

Als sich die Finger des Halbriesen um Jaseelas schlaffen Körper schlossen, zog Agis seinen Dolch und kletterte auf die Brüstung. »Hier herauf!« rief er.

Der Halbriese schaute auf, wobei das Blut noch immer von seinem Hals durch seine Finger hindurchsickerte. Agis ließ sich von der Veranda fallen. Er landete auf der Schulter des Wächters und stach mit aller Macht auf die Augen seines Widersachers ein. Der Dolch drang bis zum Heft hinein. Der Halbriese schrie auf und fuhr herum, wobei er Agis auf die Pflastersteine neben Jaseela schleuderte. Dann zog er den Dolch aus seinem Auge und stolperte schmerzgequält und entsetzt davon. Nach wenigen Schritten fiel er schließlich zu Boden.

Agis wandte sich Jaseela zu. Die Augen der Adligen waren geschlossen, und ihr Atem ging sehr flach. Er ließ seine

Hand über ihren Hinterkopf gleiten und spürte, daß sich eine große Beule an der Stelle bildete, wo sie gegen die Wand gestoßen war. Sie war mit Blut befleckt, aber er konnte nicht sehen, wieviel davon ihres und wieviel das des toten Wächters war.

Agis streckte seinen Kopf in den dunklen Eingang des Roten Kank. »Caro!« schrie er. »Ich brauche dich!«

Obwohl er nicht daran zweifelte, daß sich die anderen drei Senatoren auch in der Schenke befanden, machte er sich nicht die Mühe, sie zu rufen. Wenn er schon enttäuscht von sich selbst war, weil er Jaseela allein den Angriff hatte führen lassen, so war er erst recht angewidert von ihnen, weil sie sie ganz im Stich gelassen hatten. Und außerdem war es für ihn und Caro sicher leichter, die Adlige vom Elfenmarkt fortzubringen, wenn mehr als eine Gruppe Adliger da war, denen gierige Taschendiebe und rachsüchtige Templer folgen konnten.

Als Agis sich vom Roten Kank abwandte, sah er, daß auch die Elfenhändler die Templer angegriffen hatten. Er wußte, daß die Elfen eher daran interessiert waren, die dicken Geldbörsen der Aufseher zu stehlen, als daran, sich der Unterdrückung durch Kalak zu widersetzen, aber er war froh über die Ablenkung.

Je chaotischer es auf dem Platz der Schatten wurde, desto weniger wahrscheinlich würde es sein, daß die Informanten der Templer ihn und Jaseela bemerkten.

Agis legte die Adlige vorsichtig aufs Pflaster, kniete sich neben sie und suchte einmal mehr nach sichtbaren Wunden. So weit er es beurteilen konnte, stammte alles Blut von dem Halbriesen.

Caro trat aus dem Restaurant. »Was ist geschehen?«

»Jetzt ist keine Zeit für Erklärungen«, sagte Agis. »Ich werde dich brauchen, um zu verhindern, daß Jaseela angerempelt wird, wenn wir fliehen. Fühlst du dich gut genug für ein paar Stöße und Schubser?«

Der Zwerg nickte. »Ich werde mein Bestes geben.«

Ohne weiteren Kommentar legte Agis seine Hände auf den Boden neben Jaseela und beschwor dann seine paranormalen Kräfte herauf, um ein unsichtbares Bett aus reiner Macht unter ihr zu schaffen. Seine Finger und Hände begannen zu zittern, und Jaseelas Körper schwebte vom Boden hoch. Agis legte eine Handfläche auf ihren Bauch, um sie im Gleichgewicht zu halten, und nahm seine andere Hand, um ihre Hand zu halten.

Er ging auf die Gasse zu, durch die er den Platz betreten hatte und hoffte, daß er stark genug sein würde, um sie im Schwebezustand zu halten, bis sie den Elfenmarkt verlassen hatten.

Als Agis seine Augen von Jaseelas bewußtloser Gestalt hob, sah er sich einem großen Mann in einem blauen Gewand gegenüber, der ein weißes Tuch über sein Gesicht gezogen hatte. Die braunen Augen, die unter weißen Brauen hervorspähten, schienen so alt zu sein wie Caros, aber es war eine Tiefe und eine Macht darin, die Agis sowohl beunruhigend als auch ehrfurchtgebietend fand. In seiner Hand hielt der Magier den blutigen Dolch des Adligen, und in der anderen trug er den Stock mit dem Obsidianknauf, den Agis als den des alten Mannes erkannte, der ihm den Weg zum Platz der Schatten erklärt hatte.

Die Gestalt reichte Agis den Dolch, ohne ein Wort zu sagen.

»Ihr?« keuchte der Adlige.

Der Magier ignorierte die Frage, legte den Dolch in Agis' Hand und wandte sich dann um. Der Senator ergriff ihn an der Schulter.

»Wartet. Wir gehören jetzt dazu. Wir wollen helfen.«

Mit seinem Stock schlug der Magier Agis' Hand fort. »Wir brauchen Eure Hilfe nicht.«

Mit diesen Worten machte er einen großen Schritt von dem Adligen fort. Vor Agis' Augen wurde der Körper des alten Mannes durchscheinend und verschwand dann.

Ehrenschuld

Rikus stand auf einer Halbinsel, die aus einer Klippe aus orangefarbenem Schiefer herausragte. Eine kühle Brise tanzte über sein Gesicht, und lange, dünne Sprosse des rubinroten Dornenbaums kratzten über seine bloßen Schultern. Hinter ihm lag eine rauhe Wüste, von dünnen Büscheln weißer Brechbüsche und grünen Bällen herabhängender Dornenkugeln gesprenkelt. Vor ihm hing eine mit aschfarbenem Dunst erfüllte Leere, die unterhalb der Klippe entstand und sich erstreckte. Der Mul hatte lange Zeit in die graue Düsterheit gespäht – er konnte nicht sagen, ob es Minuten oder Stunden oder Tage waren – und hatte gehofft, einen Blick auf das zu erhaschen, was auf der anderen Seite lag. Bis jetzt hatte sich der Vorhang nicht geteilt, und er begann zu glauben, daß er auf die Treibsandsee schaute.

Rikus konnte sich nicht daran erinnern, die Wüste in seinem Rücken überquert zu haben, und er hatte keine Ahnung, wie er auf diese Klippe gelangt war. Das letzte, woran er sich erinnern konnte, war, daß seine Freunde zu seiner Rettung herbeigeeilt waren, als der Gaj seinen Geist verbrannte. Er befürchtete, daß seine Gedächtnislücke durch einen Schaden hervorgerufen worden war, den er dem Angriff des Ungeheuers zu verdanken hatte.

Zur Rechten des Mul bewegte sich der graue Dunst schließlich und wurde zu einem ovalen Wirbel hochgepeitscht, der so groß war wie ein Mann. Rikus trat zurück und hob seine Fäuste zum Kampf. Er wollte sich verteidigen, aber der Wirbel drehte sich einfach weiter.

»Tritt hindurch«, ertönte eine Stimme hinter Rikus. Sie klang melodiös und weder männlich noch weiblich.

Der Mul wandte sich um. Eine kaum erkennbare, menschliche Gestalt stand neben ihm. Die Gestalt trug einen grauen Burnus und hatte ihre Kapuze über den Kopf gezogen, so daß weder ihr Gesicht noch ihre Augen sichtbar waren. Sie streckte ihre Arme vor sich aus, die Hände ordentlich in die Ärmel gesteckt.

»Wer seid Ihr?« fragte der Mul. Sein Herz schlug plötzlich heftig vor Verwirrung und Angst, und er mochte dieses Gefühl nicht.

»Niemand«, kam als Antwort. Die Gestalt hob einen Arm und deutete auf den sich drehenden Wirbel. Am Ende des Ärmels war keine Hand.

»Worauf wartest du?«

»Auf nichts«, sagte Rikus und betrachtete den Ärmel.

»Dann hast du es gefunden.«

Rikus trat auf die Gestalt zu. »Was geht hier vor?«

»Nichts«, erklang die Antwort.

Der Mul runzelte die Stirn und spähte unter die Schatten der Kapuze. Als er nur leere Dunkelheit sah, griff er hinauf und zog die Kapuze herunter.

Die Gestalt hatte keinen Kopf. Sogar der Kragen des Burnus war genauso leer wie die Ärmel und die Kapuze.

Plötzlich erkannte Rikus, warum er sich nicht daran erinnern konnte, die Wüste durchquert zu haben. »Bin ich das? Bin ich tot?« fragte er und deutete mit einer Hand auf den grauen Vorhang. »Ist das alles, worauf ein Leben voller Qual und Sklaverei hinausläuft?«

»Das ist alles, worauf es hinausläuft«, erwiderte die Gestalt, wobei ihre wohlklingende Stimme aus dem leeren Raum über dem Kragen zu kommen schien. Mit dem leeren Ärmel deutete sie auf den Wirbel.

Rikus schüttelte den Kopf. »Das ist nicht genug«, sagte er. »Nicht für mich.« Er wandte sich der Wüste zu und begann darauf zuzugehen.

Die graue Gestalt erschien vor ihm. »Es gibt nicht mehr«, sagte sie und hob ihre leeren Ärmel, um ihm den Weg zu versperren. »Du kannst nicht entkommen.«

»Ich kann es versuchen«, zischte der Mul und streckte die Hand aus, um den Umhang zu packen. »Und außerdem, was sollte mich aufhalten?« Er drückte das leere Gewand zu einem Bündel zusammen und warf es über seine Schulter. »Nichts.«

Er ging meilenweit und immer weiter. Das Gelände änderte sich nie, außer, daß der graue Vorhang hinter ihm in immer weitere Ferne rückte. Vor ihm erstreckte sich bis zum Horizont eine endlose Ebene aus orangefarbenem Schiefer, deren trostlose Monotonie nur von den weißen Hauben der Brechbüsche, den grünen Tupfern der Dornenkugeln und den kargen Sprossen des Dornenbaums, die im Windzug schwankten, unterbrochen wurde.

Schließlich wurden Rikus' Beine müde. Er setzte sich hin, um auszuruhen, gähnte dann und bemerkte, daß er sich nicht daran erinnern konnte, wann er das letzte Mal geschlafen hatte. Er lehnte sich zurück, wobei er die scharfen Kanten des Schiefers ignorierte, die ihn in Schultern und Rippen stachen. Es war keine Sonne am gelben Himmel zu sehen, nur ein ätherischer Nebel, der ein bernsteinfarbenes Glühen ausstrahlte. Rikus schloß die Augen. Als er erwachte, befand er sich nicht mehr in der Wüste. Statt dessen lag er in der Mitte eines quadratischen Raumes. Über seinem Kopf befand sich eine Decke aus Mekillotrippen, die aus einem Gitter aus zusammengebundenen Vierecken bestand. Über dem Knochengitter schienen die Zwillingsmonde, Ral und Guthay, durch ein schäbiges Dach aus gedehnten Häuten und erfüllten den Raum mit gedämpftem, gelbem Licht.

Die Wände und der Boden waren aus massivem Stein, aber in einer Wand befand sich ein großes Tor aus Eisenstäben. Wenn es unverschlossen war, konnte das Tor mit einem starken Seil aus Riesenhaaren und Flaschenzügen, die sich außerhalb der Zelle befanden, in eine besondere Vertiefung gehoben werden.

»Was tue ich hier?« fragte Rikus in den Raum.

Unter ihm lag ein Haufen schmutziger Lumpen, die ihm als Bett gedient hatten. Der Verschlag stank nach Abfällen und Schweiß, und durch das Tor drang das Brüllen, Zirpen und Schreien von einem Dutzend unterschiedlicher Wesen.

Rikus setzte sich auf und schüttelte den Kopf, wobei Wellen heftigen Schmerzes durch seinen Schädel schossen. Sein Rücken und seine Arme und Beine waren steif und wund, und sein Bauch brannte an den Stellen, wo die Scheren des Gaj seine Haut durchbohrt hatten. Der Mul stöhnte und schaute sich dann zum ersten Mal genauer in dem Verschlag um. In einer Ecke lagen Yarig und Anezka zusammengerollt nebeneinander. Neben sich erkannte Rikus auf dem Boden Neevas kompakte Gestalt. Sie lag dort ausgestreckt und war nur mit ihrem schweren Umhang bedeckt.

»Ich lebe«, sagte Rikus.

»So sieht es aus«, antwortete eine bekannte, sarkastische Stimme.

»Wie schade.«

Rikus hob seinen Blick zum Tor. Boaz stand in dem dahinterliegenden Gang. Der Halbelf hatte einen Krug mit Wein bei sich. Sein Blick war verschwommen, und er stand seltsam steif und breitbeinig da, als würde er jeden Moment nach vorne taumeln. An seiner Taille hingen ein Schlüsselbund und ein Stahldolch.

»Keine Wächter?« fragte Rikus. Im Geiste sah der Mul den Lehrmeister auf der Mauer der Übungsgrube stehen und fragen, welcher der Freunde des Mul als Strafe für seine Respektlosigkeit ausgepeitscht werden solle. Die Erinnerung daran erfüllte das Herz des Gladiatoren mit bitterer Wut. »Das ist leichtsinnig von Euch, Boaz.«

»Ich bin sicher genug mit diesem Gitter zwischen uns«, erwiderte der Halbelf und deutete auf das Eisentor. Seine Worte klangen undeutlich. »Außerdem sind meine Wächter alle außer Gefecht gesetzt. Es gibt in diesem langweiligen Schuppen nicht genug zu tun, so daß sie zuviel trinken.«

»Wenn es hier nichts zu tun gibt, warum seid Ihr dann nicht alle in Tyr?« fragte Rikus und trat an das Tor heran.

Boaz hob den Krug an seine Lippen und spie Rikus dann einen Mundvoll Wein ins Gesicht. »Wegen dir – dir und Sadira«, sagte der Lehrmeister und blieb vorsichtshalber außer Reichweite von Rikus' Armen. In dem gegenüberliegenden Verschlag bewegte sich etwas. »Ich werde dafür sorgen, daß du am Morgen bestraft wirst.«

»Wofür?« fragte Rikus und wischte sich das Gesicht ab. Selbst wenn er Boaz hätte erreichen können, hätte er ihn nicht sofort getötet. Das würde bedeuten, jede Chance, seine Freiheit zu erlangen, aufzugeben, und er war nicht bereit, das wegen eines Mundvolls Wein zu tun.

Boaz hob den Krug erneut an seine Lippen. Rikus trat von dem Tor fort, aber dieses Mal war der einzige Wein, der den Mund des Halbelfen verließ, derjenige, der ihm das Kinn hinabrann. Mit schwankender Stimme erzählte der Lehrmeister Rikus, wie Sadira ihn mit ihrer Magie vor dem Gaj gerettet und dann zwei Wächter getötet hatte, um aus dem Brecher zu entkommen. »Fürst Tithian war wütend auf mich und meine Kameraden«, schloß Boaz. »Er hat uns alle in die Gruben verbannt.«

»Ihr lügt«, sagte Rikus. »Sadira würde niemals…«

»Er lügt nicht«, unterbrach Neeva ihn. Sie trat neben Rikus und lehnte sich gegen das Tor, in denselben Umhang gehüllt, den sie zuvor als Decke benutzt hatte. »Welchen Teil glaubst du nicht – daß Sadira eine Zauberin ist oder daß sie dich zurückgelassen hat?«

»Daß ich von einer Küchenmagd gerettet worden bin«, antwortete Rikus.

»Sie ist kein gewöhnliches Sklavenmädchen«, erwiderte Neeva und lächelte den Mul sarkastisch an. »Es ist wirklich merkwürdig, daß ich diejenige bin, die dir das sagen muß.«

Boaz lachte höhnisch über Neevas Eifersucht, doch Rikus ignorierte den Lehrmeister. »Was ist mit ihr geschehen?« fragte er. »Wo ist sie jetzt?«

»Welche Rolle spielt das?« fragte Neeva und kniff ihre smaragdgrünen Augen zusammen. »Du hast sie nicht geliebt, nicht wahr?«

»Natürlich nicht.« Rikus schaute fort und bemerkte, daß sowohl Yarig als auch Anezka wach geworden waren. Sie taten ihr Bestes, sich nicht in die Unterhaltung einzuschalten. »Ich schulde ihr eine Ehrenschuld. Das ist alles.«

»Es hat andere Sklavenmädchen gegeben, und du hast mich bis jetzt nie belogen«, sagte Neeva und legte Rikus ihre Hand auf die Brust. »Warum fängst du jetzt damit an?«

Rikus stellte fest, daß er seiner Kampfpartnerin nicht in die Augen sehen konnte. Statt dessen warf er einen drohenden Blick auf Boaz und fragte: »Müssen wir hier darüber sprechen?«

»Ja«, kicherte Boaz. »Es ist das beste, solche Dinge sofort zu klären. Versteckte Vorbehalte haben schon so manchem Gespann geschadet.«

»Nun?« fragte Neeva. »Ist Sadira so anders als die anderen?«

Rikus zwang sich, dem Blick seiner Partnerin zu begegnen. Innerlich wußte der Mul nicht, ob das, was er für Sadira empfand, Dankbarkeit oder etwas Tiefergehendes war, und diese Unsicherheit war ihm unbehaglich. »Sadira hat ihr Leben riskiert, um meines zu retten. Ich denke, das macht sie anders.«

Neeva wandte sich mit Tränen in den Augen ab.

Rikus legte seine Hand auf ihre Schultern. »Meine Gefühle für Sadira – wie auch immer sie sind – haben nichts mit uns zu tun. Ich muß einfach wissen, was mit ihr geschehen ist.«

Neeva entzog sich ihm und trat in eine dunkle Ecke des Verschlages.

»Ich wünschte, ich könnte euch zwei Liebenden helfen«, spottete Boaz. »Unglücklicherweise weiß niemand, was mit ihr geschehen ist. Ich vermute, daß ich ihr eines Tages auf dem Elfenmarkt begegnen werde. Zweifellos in einem Freudenhaus.«

Rikus stieß einen Arm durch die Eisenstäbe und griff nach dem Halbelf. Boaz sah, wie sich die Finger des Gladiatoren nur wenige Zentimeter vor ihrem Ziel schlossen und schnalzte Rikus dann zu. »Dafür wird Anezka teuer bezahlen.«

Kaum hatte der Lehrmeister seine Drohung ausgestoßen, als Rikus einen irdenen Krug gegen seinen Rücken prallen fühlte. Er schaute über die Schulter und sah, daß Yarig seine Halblingspartnerin zurückhielt, die jetzt nach einer Holzschale zum Werfen griff. Der Zwerg zuckte die Achseln, entschuldigte sich aber nicht für sie.

Rikus schüttelte den Kopf und sah Boaz erneut an. Bevor er etwas sagen konnte, hörte er eine flüsternde Stimme in seinem Kopf.

Er lügt.

»Was?« fragte Rikus und griff sich an die Ohren. Er wandte sich zu Neeva um. »Hast du das gehört?«

Als sie ihn ignorierte, fragte Yarig: »Eine Stimme in deinem Kopf?« Der Zwerg hatte Anezka noch immer nicht losgelassen. Rikus nickte.

»Nein, ich habe sie gerade eben nicht gehört«, antwortete er spöttisch. »Aber ich habe sie in den letzten Tagen gehört.«

Rikus furchte seine haarlosen Brauen und schüttelte den Kopf. »Wenn...«

Boaz lachte über die Verwirrung des Mul. »Das ist der Gaj, du Witzbold. Er hat mit dir gesprochen.«

»Mit mir gesprochen?« stöhnte Rikus halb angewidert und halb erschreckt. Die brennenden Tentakel des Gaj und die Art, wie er seinen Geist versengt hatte, war fest in seine Erinnerung eingebrannt.

Ich lerne gut zu sprechen, berichtete der Gaj.

Boaz schaute zu dem gegenüberliegenden Verschlag hinüber. Das Wesen war an das Tor herangekommen, und die Spitzen seiner Scheren drangen zwischen den Eisenstäben hervor. Rikus konnte schwach den knolligen, weißen Kopf des Gaj in dem düsteren Verschlag erkennen.

»Wir haben während der letzten Tage eine Menge über den Gaj gelernt, nicht wahr?« sagte Boaz. »Er frißt keine Körper, er frißt den Geist.« Er machte einen Schritt auf den anderen Verschlag zu. Die Bestie eilte in die Schatten zurück. *Boaz kennt einen Elf namens Radurak*, sagte der Gaj in Rikus' Bewußtsein. *Radurak hat deine Frau.*

Rikus wandte sich zu Yarig um. »Hast du das gehört?«

Der Zwerg schüttelte den Kopf. »Es spricht immer nur zu einer Person«, sagte er.

Boaz wird Tithian sagen, wo sie zu finden ist.

»Woher weißt du das?« fragte Rikus.

Es ist in seinen Gedanken, erwiderte der Gaj.

Boaz nahm in dem Gang einen losen Stein auf und warf ihn in den Verschlag des Gaj. »Wie kommt es, daß du nicht mehr zu mir sprichst?«

Rikus war verwirrt. Sollte er dem Gaj glauben, oder war dies eine Art Trick von Boaz, um ihn dazu zu bringen, zu enthüllen, was er über Sadira wußte. Rikus hatte natürlich von dem Weg gehört und wußte, daß er dazu benutzt werden konnte, sich telepathisch mitzuteilen. Was er nur schwer akzeptieren konnte, war, daß ein zu groß geratenes Insekt wie der Gaj intelligent genug sein sollte, ihn zu gebrauchen. Dennoch hatte er keine andere Wahl, als das zu glauben, was er in seinem Kopf hörte.

Boaz trank seinen Rest Wein und warf den Krug dann auf den Gaj.

»Dummes Biest!« Er machte Anstalten, aus dem Schuppen hinauszuwanken.

»Sagt mir, Boaz, glaubt Ihr etwa, daß Tithian Euch vergeben wird, wenn Ihr ihm von Radurak erzählt?« rief Rikus.

Boaz blieb abrupt stehen. »Woher kennst du Raduraks Namen?«

Rikus fühlte jegliche Zweifel über das, was der Gaj ihm gesagt hatte, schwinden. »Ich glaube nicht, daß es Euch helfen wird«, fuhr der Mul fort, ohne auf die Frage des Lehrmeisters einzugehen. »Fürst Tithian wird Euch dennoch weiterhin vorhalten, daß Ihr Sadiras Kräfte nicht bemerkt habt, und sie dann entkommen ließt.«

Rikus hörte Neeva in der dunklen Ecke rascheln, in die sie sich zurückgezogen hatte. Er schaute zu ihr hin und sah, daß sie, obwohl sie ihn noch immer finster anblickte, den Umhang von ihren Schultern hatte fallen lassen und ihn eingehend betrachtete. Der Mul stieß einen erleichterten Seufzer aus. Er wußte nicht, was geschehen würde, aber er war froh, daß sie zu ihm halten würde.

Boaz kehrte zurück, hielt sich aber in sicherem Abstand zu Rikus' Verschlag auf. »Ihr solltet lieber darauf hoffen, daß meine Verbannung aufgehoben wird«, sagte der Lehrmeister. Obwohl er nach Wein stank, schien der Halbelf plötzlich fast nüchtern zu sein. Rikus fürchtete, daß es schwierig werden würde, ihn nahe genug an das Tor zu locken, um zuzuschlagen.

»Das Leben hier wird langweilig«, fuhr Boaz fort. »Wenn ich mich langweile, werde ich reizbar. Die Dinge könnten für dich und deine Freunde sehr schwer werden, wenn Tithian nicht gnädiger Stimmung ist.«

»Vielleicht sollte ich bei dem Hochtempler ein gutes Wort für Euch einlegen«, bot Rikus sarkastisch an.

Hinter Boaz trat auch der Gaj vorwärts und streckte seine Scheren in dem Versuch, den Lehrmeister zu erwischen, durch die Stäbe seines Verschlages. Die Kiefer waren zu kurz, als daß er den Halbelf erreichen konnte, aber Rikus hatte plötzlich eine Idee, wie es vielleicht möglich sein würde, Boaz zu töten und Sadira zu retten, ohne seinen Traum von der Freiheit opfern zu müssen.

Der Lehrmeister spottete über Rikus' Hilfsangebot. »Ich bezweifle, daß ich dich lange genug leben lassen werde, daß du mit Fürst Tithian sprechen kannst.«

Gaj, wenn du Boaz willst, dann mußt du folgendes tun, dachte Rikus und hoffte, daß die Bestie seine Gedanken ebensogut wahrnehmen konnte wie Boaz'. Er legte einen einfachen Plan dar.

Er muß leben, hörte er als Antwort. *Wenn er stirbt, bevor meine Fühler seinen Kopf berühren, wird sein Geist für mich unbrauchbar sein.*

Ja, stimmte Rikus zu. Er packte die Stäbe seines Tores und sagte dann zu Boaz: »Wenn ich frei bin, wird das erste sein, Euch in einer dunklen Gasse aufzuspüren...«

Der Mul hatte keine Gelegenheit, seine Drohung zu beenden. Hinter dem Lehrmeister warf sich der Gaj gegen das Tor. Ein gewaltiges Krachen echote durch den Schuppen, als der Rückenschild des Wesens auf den Eisenstäben auftraf und prompt einen Chor von Schreien und Brüllen aus den anderen Verschlägen auslöste.

Wie Rikus gehofft hatte, sprang der erschreckte Lehrmeister von dem Gaj fort, genau in die wartenden Arme des Mul. Rikus packte Boaz am Kragen und zog den Halbelf auf das Tor zu. Der erstaunte Lehrmeister begann um Hilfe zu schreien, aber Rikus schlug ihm kräftig auf den Mund.

»Rikus!« keuchte Neeva. »Was tust du?«

»Sadira dafür entschädigen, daß sie mein Leben gerettet hat«, antwortete der Mul. »Nimm seine Schlüssel und schließ unser Tor auf.«

Tötet ihn nicht! drängte der Gaj.

»Du bekommst ihn lebend – mehr oder weniger«, antwortete Rikus und hielt Boaz mit aller Kraft den Mund zu. Befriedigt spürte er, wie die Vorderzähne des Halbelfs aus den Wurzeln brachen.

Boaz stöhnte vor Schmerz und griff dann nach dem Dolch an seinem Gürtel. Rikus packte das Handgelenk des Lehrmeisters mit seiner freien Hand. »Keine falsche Bewegung«, sagte er, zog den angreifenden Arm durch das Tor und drückte ihn gegen einen Eisenstab, bis er ein scharfes Krachen hörte. Ein unterdrücktes Wehklagen entwich Boaz' Lippen.

»Du schaffst es noch, daß man uns tötet«, sagte Neeva und trat neben Rikus. Trotzdem nahm sie den Schlüsselring von Boaz' Gürtel.

»Nicht, wenn mein Plan funktioniert«, erwiderte Rikus und blinzelte seiner Kampfpartnerin zuversichtlich zu. »Sie werden denken, der Gaj hätte das getan.«

»Das sollten sie auch lieber«, sagte Neeva, trat an das Schloß des Tores und steckte den Schlüssel hinein.

Rikus schaute zu dem Zwerg hinüber, der Anezka noch immer festhielt, obwohl es nicht mehr so schien, als müßte sie zurückgehalten werden. »Yarig, du wirst das Tor anheben müssen, damit Neeva darunter hindurchkriechen kann.«

»Das gefällt mir nicht«, sagte der Zwerg. »Du hättest so etwas nicht tun sollen, ohne uns vorher zu fragen.«

Boaz versuchte sich zu befreien. Ohne Yarig aus den Augen zu lassen, schlug Rikus seinen Rücken gegen das Tor. »Glaubst du nicht, daß die Überraschung verdorben gewesen wäre, wenn ich erst mit euch gesprochen hätte?«

»Das spielt keine Rolle«, antwortete Yarig starrköpfig. »Dies betrifft uns alle. Es ist mir gleich, ob du der Anführer bist. Du kannst solche Entscheidungen nicht allein treffen.«

Rikus rollte mit den Augen und ließ dann Boaz' gebrochenes Handgelenk los. »Du hast recht«, sagte der Mul. »Ich werde ihn loslassen.«

Anezka schüttelte heftig den Kopf.

Neeva drehte den Schlüssel im Schloß herum, bis sie ein lautes Klicken hören konnten. »Entscheide dich, Yarig«, sagte sie.

»Wir werden Boaz zu dem Gaj hinüberstoßen, uns wieder einschließen und die Schlüssel zu seinem Verschlag hinüberschieben«, sagte Rikus und zog den Halbelf wieder gegen das Gitter – dieses Mal nur, weil es ihm Spaß machte. »Jedermann wird denken, er sei betrunken gewesen und zu nahe an den Verschlag herangekommen.«

Yarig ließ Anezka los und hob das Tor langsam an. Als er es weit genug angehoben hatte, daß Neeva darunter hindurchkriechen konnte, betrat sie den Gang und hielt Boaz von außen in Schach, während Rikus den Verschlag verließ.

Der lange Gang war in beiden Richtungen von Eisentoren gesäumt, die jenem ähnelten, unter dem der Mul gerade hindurchgekrochen war. An einigen Stellen konnte er Klauen oder Tentakel oder annähernd menschliche Hände zwischen den Stäben herausragen sehen.

Als Rikus den Gang betrat, schob Neeva Boaz auf einen nahegelegenen Verschlag zu, dem ein kräftiger, beißender Geruch entströmte. »Rikus, vielleicht sollten wir Boaz einem Raakle anstatt dem Gaj verfüttern«, sagte Neeva.

Nein, Rikus! jammerte der Gaj. *Du hast es versprochen!*

Der Lehrmeister krümmte sich, und seine Augen wurden vor Entsetzen glasig. Rikus konnte es ihm nicht verübeln, daß er Angst hatte. Raakles waren farbenprächtige Vögel von der Größe eines Halbriesen. Sie hatten kurze, röhrenförmige Schnäbel, die im Umfang dem Finger eines Menschen entsprachen. Sie nahmen ihre Beute auf, indem sie sie mit ihren kräftigen, dreizehigen Füßen ergriffen und dann eine klebrige Säure über sie spritzten. Diese Flüssigkeit verwandelte Knochen und Haut gleichermaßen in einen breiigen Schlamm, den der Vogel dann durch seinen schmalen Schnabel aufsaugte.

Obwohl es ihm gefallen hatte, Boaz bei diesem furchtbaren Todeskampf schreien zu hören, schüttelte Rikus den Kopf. »Ich habe mein Wort gegeben«, sagte er. »Und außerdem wäre das kaum mit dem Schmerz vergleichbar, den der Gaj Boaz' Geist zufügen wird.«

»Wie du meinst.« Neeva schob den Lehrmeister auf den Verschlag des Gaj zu.

Rikus legte eine Hand auf die Schulter seiner Kampfpartnerin und schüttelte den Kopf. »Ich übernehme ihn«, sagte er und legte seine Hand auf die Stelle, wo Neeva Boaz den blutenden Mund zugehalten hatte. »Ich möchte das Vergnügen, ihn dem Gaj zu verfüttern, selbst haben.«

Der Gaj streckte seinen Kiefer so weit in den Gang hinein, wie er konnte. Rikus trat auf den Verschlag zu.

Boaz murmelte dem Mul etwas zu. Obwohl der Lehrmeister sein Bestes tat, bedrohlich und zuversichtlich zu wirken, zeichneten Angst und Erschrecken seine scharfen Gesichtszüge.

Der Gladiator bewegte seine Hand, die den Mund des Halbelfen bedeckte, gerade weit genug fort, um hören zu können, was der zu sagen hatte. »Damit werdet ihr niemals durchkommen«, zischte Boaz. »Tithian wird erkennen, was geschehen ist, und Neeva wird dafür bezahlen müssen.«

»Ihr seid der einzige, der bezahlen muß«, unterbrach Rikus ihn.

Der Mul schlug mit einer Faust auf den Brustkorb des Halbelfen ein. Boaz schrie auf und begann dann zu stöhnen.

Bitte, Rikus, bat der Gaj. *Überlaß ihn jetzt mir.*

Boaz versuchte, um Hilfe zu rufen, aber da seine Rippen und Zähne gebrochen waren, drang nur unverständliches Gemurmel aus seinem Mund. Rikus lächelte und stieß den Halbelfen dann über den Gang. Die mit Widerhaken versehenen Kiefer des Gaj schlossen sich um den Leib des Lehrmeisters, und ein Paar peitschenähnlicher Fühler schoß aus dem Verschlag und schlang sich um die Stirn seines Opfers.

Trotz seiner Verletzungen fand Boaz die Kraft zu schreien.

Krieg der Bieter

Als Agis den hastig errichteten Sklavenhof betrat, fiel sein Blick sofort auf einen weißhaarigen Mann, der mitten in der Menge der dort versammelten Adligen stand. Obwohl der Alte nur wenige Zentimeter größer war als die Leute um ihn herum, fiel er durch sein ruhiges Auftreten in der schwatzenden Menge auf. Um seine breiten Schultern trug er einen elfenbeinfarbenen Umhang, und in der Hand hielt er einen Stock mit einem Obsidianknauf, der Agis eindeutig zeigte, daß dieser Mann der Magier war, der ihm auf dem Platz der Schatten seinen Dolch zurückgegeben hatte.

»Was macht er nur bei einer Sklavenversteigerung?« fragte Agis.

»Sklaven kaufen vermutlich«, erwiderte Caro sarkastisch. »Das tut man doch bei derart schändlichen Geschäften!«

»Du wolltest mitkommen, Caro. Wenn du aber kein guter Gesellschafter sein kannst, dann sollte ich dich vielleicht besser wieder nach Hause schicken«, erwiderte Agis.

Zusammen mit fünfzig weiteren Fürsten und dem Magier standen Agis und Caro unter der Elfenbrücke, einem uralten Gebilde, das das staubige Flußbett des Vergessenen Flusses überspannte. Der Legende nach hatte die prachtvolle Brücke einst eine breite, ruhige Flußmündung mit glitzerndem Wasser überquert. Jetzt war das Bauwerk nur noch ein nutzloses Relikt über einem ausgetrockneten Flußbett. Die einzigen Hinweise auf Wasser waren weiße Kalkkrusten, die noch nach zwei Dekaden an den Brückenpfeilern klebten – solange hatte es in Tyr nicht mehr geregnet.

Gegenwärtig benutzte ein Stamm von Elfen die Geröllhalde unter der Brücke als Sklavenhof. Sie hatten ein kleines Viereck geschaffen, indem sie vier Mauern errichtet hatten, und hatten eine ausgesuchte Gruppe von Adligen eingeladen, einer Versteigerung beizuwohnen. Nach den üppigen Geldbörsen zu urteilen, die von den Gürteln der Adligen hinabhingen, versprach es für die Elfen ein einträgliches Geschäft zu werden.

Agis wandte seine Aufmerksamkeit dem alten Mann zu. »Komm mit, Caro«, sagte er und begann den Platz zu überqueren. »Laß uns einige Worte mit unserem Freund wechseln.«

In den Tagen, die dem Aufstand auf dem Platz gefolgt waren, hatte es keinen Hinweis darauf gegeben, daß die Templer über Agis' Beteiligung an der Angelegenheit informiert waren. Nicht einmal Jaseela wurde verhört. Agis hätte die Erinnerung an seine Verwicklung in die ganze Angelegenheit vergessen können, aber er wollte es nicht. Dadurch, daß er den Halbriesen getötet hatte, hatte er eine unsichtbare Linie überschritten. Ob es nun gut war oder nicht, auf jeden Fall war er jetzt ein Aufrührer.

Seinen betagten Diener unmittelbar hinter sich, bahnte sich der Adlige seinen Weg durch die Menge. Mehrere Bekannte baten ihn stehenzubleiben und wollten mit ihm plaudern, aber er riskierte es, unfreundlich zu erscheinen, indem er ihnen rasche Antworten zurief und weiterging.

Als er an der Seite des Magiers angekommen war, hatten bereits zwei sieben Fuß große Elfen den Behelfshof betreten. Sie sorgten höflich, aber bestimmt dafür, daß ein Freiraum geschaffen wurde, in dem sie die Sklaven präsentieren konnten.

»Hier also treffen wir uns wieder«, sagte Agis und lächelte dem Magier zu.

Der alte Mann sah ihn verwirrt an. »Kenne ich Euch?«

Obwohl Agis sicher war, daß der Magier ihn wiedererkannt hatte, beschloß er, das Spiel mitzumachen. »Ihr wart so freundlich, mir vor wenigen Tagen den Weg zum Roten Kank zu weisen.«

Das Gesicht des alten Mannes blieb mürrisch und verwirrt, aber er sagte: »Wie ich sehe, habt Ihr Euren kleinen Ausflug überlebt.«

»Ja, dank Euch«, erwiderte der Adlige und streckte seine Hand aus. »Ich bin Agis von Asticles.«

Der Magier ging auf Agis' Bemerkung nicht ein und schaute fort.

»Gebt mir keinen Grund, zu bedauern, was ich für Euch getan habe.«

»Ich bin überrascht, Euch hier zu sehen«, bemerkte Agis beiläufig und ging seinerseits nicht auf die Beleidigung ein.

»Adlige sind nicht die einzigen, die Sklaven benötigen«, sagte der alte Mann.

»Ich hätte nicht gedacht, daß die Verschleierte Allianz die Sklaverei gutheißt.«

Der Magier hob eine Augenbraue. »Ihr müßt mich mit jemandem verwechseln«, sagte er. Ohne eine Antwort abzuwarten, bahnte er sich eilig seinen Weg durch die Menge und ließ Agis zurück. Einen Augenblick lang erwog der Adlige, dem alten Mann zu folgen, um ihm eine Zusammenarbeit vorzuschlagen. Leider mußte er jedoch davon ausgehen, daß der Magier noch weniger bereit sein würde, ihm zuzuhören, wenn er dieses Thema in der Öffentlichkeit anschnitt. Agis sagte sich daher, daß es einen guten Grund dafür geben mußte, wenn der alte Mann an einer Sklavenversteigerung teilnahm. Wenn er aufmerksam zusah, konnte er vielleicht etwas erfahren, was ihm die Möglichkeit verschaffen würde, an die Verschleierte Allianz heranzutreten, und das vielleicht auch noch unter geeigneteren Umständen.

Ein heller Elf mit schwarzem Haar betrat den Hof. Er trug statt des typischen Wüstenburnus, den die meisten Leute hier bevorzugten, einen edlen Umhang aus gebürstetem Fell. Der Elf hob seine Hände, damit es ruhiger wurde. »Herren und Damen, willkommen. Ich bin Euer Gastgeber, Radurak, und es bereitet mir große Freude, Euch eine Auswahl von Sklaven zu präsentieren, die den weiten Weg von Balic hierhergebracht worden sind...«

»Euer Stamm hat Tyr seit sechs Monaten nicht mehr verlassen«, rief ein Adliger.

Radurak tippte in Richtung zu dem Adligen an seinen Hut. »Die Läufer von Guthay haben viele Krieger«, sagte er und grinste verschlagen. »Einige von uns sind erst vor sehr viel kürzerer Zeit, als Ihr denkt, in Balic gewesen.«

Mehrere Adlige zeigten offen ihre Skepsis, was den Wahrheitsgehalt dieser Behauptung anging. Obwohl das, was Radurak gesagt hatte, auch wahr sein konnte, wäre es sicher schwierig gewesen, eine stattliche Anzahl von Sklaven mit nur wenigen Kriegern über eine solch weite Entfernung zu bringen. Es schien wahrscheinlicher, daß die Elfen die Sklaven von rechtmäßigen Händlern gestohlen hatten. Wäre nicht die Gegenwart des alten Mannes und seine eigene verzweifelte Situation gewesen, so wäre Agis in diesem Moment gegangen. Er handelte nicht gern mit Dieben.

»Ich bin sicher, daß alle Ware, die Ihr anbietet, aus rechtmäßigen Sklavenbeständen stammt«, rief ein anderer Adliger.

»Natürlich«, erwiderte Radurak. »Unglücklicherweise wurden die Siegel der Besitzurkunde weniger als fünfzig Meilen vor Tyr von Räubern gestohlen. Ihr habt mein Wort, daß jedes dieser Exemplare, das ich heute verkaufe, Eigentum meines Stammes ist.«

Zur Antwort erntete er Gelächter von Seiten der skeptischen Fürsten. Schließlich rief eine Stimme: »Laßt uns anfangen! Ich will meine Sklaven vor Einbruch der Nacht sicher in meinem Stadthaus verwahrt wissen.«

Agis schaute zu dem Sprecher hinüber und sah, daß es Dyan war. Er beschloß, den Senatorkollegen nicht zu grüßen, da er sich nicht mehr mit den Feiglingen verbunden fühlte, die ihn und Jaseela auf dem Platz im Stich gelassen hatten.

Radurak verbeugte sich. »Wie Ihr wünscht.«

Den restlichen Tag über präsentierten Radurak und seine Elfen eine bunte Sammlung von Bettlern, Trunkenbolden und Schwachsinnigen, die sie für die Versteigerung zusammengestellt hatten. Nach der ersten Stunde bezweifelte Agis nicht mehr, daß der gesamte Bestand aus den Gassen des Elfenmarkts rekrutiert worden war. Einmal hob der Magier eine Hand, um sich den Schweiß von der Stirn zu wischen, und Agis erspähte eine dicke Geldbörse, die unter dem weißen Rock an seinem Gürtel hing. Er war tatsächlich hierhergekommen, um jemanden zu kaufen, obwohl Agis sich nicht denken konnte, warum.

Als der Nachmittag voranschritt, begannen die Adligen über die Qualität der Bestände zu murren und sich bitterlich darüber zu beschweren, daß die Sklaven wahrscheinlich sterben würden, bevor sie die Ländereien erreicht hätten. Radurak nahm ihre Proteste gelassen auf und lächelte weiterhin, so gut er konnte. Die Sklaven erzielten das Zehnfache ihres Wertes. Einige verzweifelte Adlige boten sogar auf Männer, die so schwach waren, daß sie auf den Hof getragen werden mußten.

Als schließlich die Dämmerung hereinzubrechen begann

und der Hof in dunkle Schatten getaucht war, brachten die Elfen keine weiteren Sklaven mehr in den Verkaufsring.

»Ich fürchte, Ihr habt meinen Bestand geräumt«, sagte Radurak.

Ein enttäuschtes Murmeln lief durch die Menge. So minderwertig die Sklaven der Elfen auch waren, so waren sie doch alles, was in Tyr verfügbar war, seit Tithians Konfiszierungen begonnen hatten. Der helle Elf lächelte warm und hob dann seine Hände. »Als Dank für Eure Gunst habe ich hier noch einen besonderen Genuß.«

Radurak klatschte zweimal in die Hände. Sofort geleiteten zwei Elfen eine geschmeidige Halbelfin in den Hof. Ihren menschlichen Kunden zu Gefallen trugen die Elfen zwei Fackeln, die ein hinreißendes, gelbes Licht auf das Sklavenmädchen warfen. Agis konnte sehen, daß sie genauso schön war wie jede Adlige, eine geschmeidige Figur und zarte Gesichtszüge hatte. Ihr langes, bernsteinfarbenes Haar ergoß sich in seidigen Wellen über ihre Schultern, und ihre hellblauen Augen waren so klar wie das edelste Juwel. Hätte Agis jemals daran gedacht, sich eine Nebenfrau zu halten, dann wäre sie die Frau gewesen, die er hätte haben wollen. Radurak hatte Sadira in ein dünnes Gewand gekleidet, das gerade so viel von ihren Reizen freigab, daß jeder Mann sich wünschte, mehr zu sehen, aber sie bewegte sich bewußt so unbeholfen, daß sie, wie sie hoffte, albern und dumm erschien. Sie war weit davon entfernt, froh zu sein, daß sie bei Raduraks abscheulicher Versteigerung verkauft werden sollte, und hatte vor, sich so zu verhalten, daß sie ihm nur einen geringen Betrag einbringen würde.

Es war Radurak gewesen, der Sadira vor drei Nächten eine Fluchtmöglichkeit vor den Männern des Königs geboten hatte. Sobald die Halbelfin den Torbogen passiert hatte, von dem aus der Elf sie angesprochen hatte, hatte er ein Gefäß mit einer schädlichen Flüssigkeit auf der Schwelle entleert, wodurch die Luft mit beißenden Dämpfen erfüllt worden war. Sie hatten sich vom Eingang zurückgezogen, bevor die Cilops ihn erreicht hatten, aber Sadira hatte die Tiere furchtbare Schmerzensschreie ausstoßen hören. Auf dem Platz waren danach Entsetzensschreie laut geworden, als die Bestien blind herumirrten und alles angriffen, was ihnen in den Weg geriet.

Radurak hatte sich die Verwirrung zunutze gemacht und Sadira durch ein Gewirr von Gängen und Räumen geführt, die in eine Gasse auf der anderen Seite des Gebäudes mündeten. Als die Zauberin aus der Tür getreten war, hatten mehrere der Stammesangehörigen des Elfs sie ergriffen, gefesselt und geknebelt. Gleich darauf hatte Radurak ihr Zauberbuch entdeckt und es ihr fortgenommen, wobei er drohte, das Buch zu vernichten, falls sie ihm Ärger bereiten sollte. Er hatte auch angeboten, es ihr zurückzugeben, wenn sie nicht versuchen würde zu fliehen, bevor sie verkauft sein würde. Sadira war widerwillig auf seine Bedingungen eingegangen, denn ihre Zauber waren zu wertvoll, als daß sie sie aufgeben wollte – obwohl sie ihre Zweifel hatte, daß er sein Wort halten würde. Wenn nicht, dann würde sie sich überlegen müssen, wie sie ihn bezahlen lassen konnte.

»Ich selbst habe diese schlanke Schönheit auf den Sklavenmärkten von Guld gekauft«, log Radurak, »wo gesagt wurde, sie sei die Tochter des Häuptlings des Saristammes…«

»Herr, Ihr verwechselt mich mit einer anderen«, unterbrach Sadira ihn, lächelte süß und zwinkerte dem widerwärtigen Elf zu. »Ich bin doch niemals aus dem Tal von Tyr herausgekommen.«

Diese Unterbrechung rief Gelächter unter den Adligen hervor, aber Radurak war wenig amüsiert. Er trat neben sie, und während er sie mit seinem Handrücken schlug, zischte er: »Denk an dein Buch, Mädchen!«

Bevor Sadira etwas erwidern konnte, erklang Ktandeos Stimme: »Wieviel?«

»Fünfzig Goldstücke«, erwiderte Radurak. Es war bei den Elfen üblich, eine Versteigerung zu führen, indem ein Preis genannt und an den ersten verkauft wurde, der diesen Preis bezahlte. Wenn dies nicht gelang, wurde an denjenigen verkauft, der ihm am nächsten kam.

»Ich bezahle sie«, erwiderte Ktandeo.

Sadira stieß einen erleichterten Seufzer aus. Ktandeo hatte zweifellos bemerkt, daß sie Raduraks Hilfe angenommen hatte, und so war sie nicht überrascht, daß der alte Mann sie ausfindig gemacht hatte und ihr zu Hilfe kam, denn es wäre schrecklich, wenn sie dem Templer in die Hände fiele. Die Zauberin war jedoch entsetzt, als sie merkte, wie schnell er den von dem Elfen genannten Preis akzeptierte, denn er war ihr immer als weitaus schlauerer Bursche erschienen, als es jetzt der Fall zu sein schien.

Radurak lächelte den alten Mann an. »Ihr wißt offenbar, Qualität zu schätzen.«

Ein erstauntes Murmeln lief durch die Menge, denn der Preis war fünfmal so hoch wie der Preis jedes anderen Sklaven, der an diesem Tag verkauft worden war. Es war bereits zu dunkel geworden, als daß Agis den Gesichtsausdruck der Zauberin hätte erkennen können, aber er zweifelte nicht daran, daß das Sklavenmädchen der Grund für die Anwesenheit des alten Mannes war.

»Ich bezahle fünfundfünfzig Goldstücke«, rief Agis und brach damit mit dem üblichen Versteigerungsverlauf.

Eine Woge der Erregung schoß durch die Menge, und Caro zischte: »Ihr seid auf einen erneuten Tiefpunkt gesunken, Herr.«

»Ich will sie nicht für mich selbst haben«, erklärte Agis und bedeutete dem Zwerg, er solle schweigen.

»Sechzig Goldstücke«, erwiderte der alte Mann mit entschlossener Stimme.

Radurak schaute von einem Mann zum anderen, zuckte dann die Achseln und lächelte. »Es scheint, als habe ich den Wert meiner Ware unterschätzt. Mein Stamm ist für jedes Angebot offen.«

Agis wollte erneut etwas sagen, änderte dann aber abrupt seine Meinung. Plötzlich erschien es ihm lächerlich, gegen den alten Mann zu bieten. Er ertappte sich bei dem Gedanken, daß er ja bereits Hunderte von Sklaven besaß und diese wirklich nicht so besonders sein mußte, wie sie aussah. Auch der Gedanke, daß Radurak die Dunkelheit abgewartet haben könnte, um einen Makel zu verbergen, der am nächsten Morgen offensichtlich sein würde, kam ihm in den Sinn.

»Werdet Ihr dort rechts erneut bieten?« fragte Radurak. »Sie ist eine wahre Schönheit. Ich bin sicher, daß es Euch nicht leid tun würde.«

Die Worte des Elf brachten Agis auf den Boden zurück. Er erkannte, daß die Gedanken, die ihm in den Sinn gekommen waren, nicht seine eigenen waren. Sie waren ihm durch irgendeine äußerliche Beeinflussung eingegeben worden. Sein Können bezüglich des Weges sagte ihm, daß diese Beeinflussung nicht paranormaler Natur sein konnte, denn dann hätte er gespürt, wie sie in seinen Geist eindrang. Plötzlich erkannte Agis, daß der alte Mann ihn mit einem Zauber belegt hatte. Er wollte sich beschweren, erkannte aber, daß sein Protest an einem solchen Ort seltsam naiv und komisch erscheinen würde. Statt dessen sagte er: »Fünfundsechzig Goldstücke.« Daraufhin wandte er sich zu Caro um und flüsterte: »Halte das Gebot aufrecht. Was immer du tust, laß dir die Halbelfin nicht wegschnappen.«

»Aber sie ist nur...«

»Tu es einfach!« befahl Agis. »Du wirst später sehen, warum.«

Der Adlige schloß seine Augen und visualisierte eine feste Mauer aus Farobäumen, die sich aus dem Boden erhob, um seinen Geist zu umschließen. Die nadelbedeckten Zweige der Bäume waren so dicht miteinander verflochten, daß es nicht einmal einem so kleinen Wesen wie dem Nadelwurm möglich gewesen wäre, hindurchzukriechen, ohne in Fetzen gerissen zu werden.

Diese lebende Sperre wuchs weiter, wölbte sich über seinem Geist wie eine Laube und beschützte ihn so sowohl gegen Angriffe von oben als auch gegen Angriffe von der Seite. Er stellte sich vor, daß die Wurzeln der Bäume tief in ihn hineinreichten und die Kraft aus seinem Energienexus emporzogen, die nötig war, um die Verteidigung zu stärken. Die Hecke war nicht undurchdringlich, aber Agis wußte, daß es für den Magier schwer sein würde, weitere Zauber hindurchzubringen.

Nachdem er seinen eigenen Geist geschützt hatte, machte sich Agis daran, den Geist seines Gegners anzugreifen. Normalerweise hätte er sich nicht dazu herabgelassen, den Weg zu benutzen, um bei einer Versteigerung den Zuschlag zu bekommen, aber wenn der alte Mann die Magie anrief, sah Agis nichts Schändliches daran, seine eigenen Fähigkeiten auch einzusetzen.

Der Senator öffnete die Augen und schaute über den Hof. Obwohl es zu dunkel war, um das Gesicht des Magiers zu erkennen, stellte sich Agis im Geiste die schlauen, braunen Augen des alten Mannes vor. Seinen Geist gegen alles andere außer diese Augen verschließend, rief er genug paranormale Energie herauf, um einen psychischen Boten zu erschaffen – in diesem Fall eine Eule. Er gab der Eule Federn, die der Farbe der Augen des Magiers entsprachen, und schickte sie schweigend auf den Flug zu seinem Gegner. Als die Eule ihr Ziel erreicht hatte, verschwanden die braunen Federn vor den Augen des alten Mannes, und sie glitt in das, was dahinter lag.

Als ein kleiner Teil seines Verstandes, der mit der Eule geflogen war, war Agis verblüfft, als sie in den Geist des Magiers eindrangen. Aus der barschen Art und dem ständigen Stirnrunzeln des alten Mannes hatte Agis geschlossen, daß er einen rauhen Ort vorfinden würde, der so unwirklich sein würde wie die athasische Wüste selbst, und daß dort flammende Zornesblitze und kalte Pfeile der Verachtung in alle Richtungen schießen würden. Statt dessen fand er eine eher friedvolle Oase in einer stillen Nacht vor, deren Teich mit blauem Wasser gefüllt und deren äußerer Rand von einem Wald kräftiger Bäume umgeben war, die stark genug waren, jedem Wind zu trotzen. Agis war so überrascht, daß er zögerte, bevor er seine Eule hinabsandte, um Anspruch auf den Ort zu erheben.

Im selben Moment erkannte der alte Mann, daß jemand in seinen Geist eingedrungen war. Auf einmal tauchten tausend weiße Haubenwürger aus den Bäumen auf und flogen auf Agis' Eule zu. Jeder der kleinen Vögel stieß einen entsetzlich lauten und schrillen Warnruf aus. Der Adlige ließ seinen Raubvogel die Flügen anlegen und fiel auf den Teich zu, aber die Haubenwürger griffen an, zogen an den Schwanzfedern des größeren Vogels und pickten auf seine Augen ein.

Sogar als Agis sich darauf vorbereitete, seine Sonde in etwas Mächtigeres zu verwandeln, zerrten die Haubenwürger noch an der Eule. Der Adlige erblickte einen Schnabel und eine Handvoll Federn, die auf den Grund des Teiches hinabsanken, und dann stellte Agis fest, daß er über den dunklen Hof hinweg seinen Gegner ansah.

Der Adlige stöhnte mehrere Male auf, denn der Kampf und der Verlust der Eule hatten ihn beträchtliche Energie gekostet. Dennoch, obwohl er bezweifelte, erneut in den Geist des Magiers eindringen zu können, hatte er noch Kraft übrig, und es gab so viele Möglichkeiten, den Weg einzusetzen, wie es Menschen auf der Oberfläche Athas' gab. Er würde einen anderen Weg finden und es erneut versuchen.

»Wie steht das Gebot, Caro?« fragte Agis.

»Bei einundsiebzig Goldstücken.«

Auf der anderen Seite des Hofes ertönte die sonore Stimme des alten Mannes: »Fünfundsiebzig.«

»Achtzig«, erwiderte Agis automatisch.

Ein Murmeln erklang auf dem Hof. Für achtzig Goldstücke konnte man Mulgladiatoren bekommen.

Von der anderen Seite des Hofes kam keine Antwort. Das Sklavenmädchen sah Agis mit eisblauen Augen an und warf dann einen Blick zu dem alten Mann hinüber.

»Wird kein Gebot mehr abgegeben?« fragte Radurak und richtete seinen Blick auf den alten Mann.

»Ich ziehe mein Gebot zurück.«

Zu Agis' Erstaunen war die Stimme aus seiner Nähe gekommen. Hatte Caro gesprochen? Agis sah hinab und bemerkte, daß sich im Staub zu seinen Füßen Lippen gebildet hatten. Es waren keine Nase und kein Kinn und kein Gesicht irgendwelcher Art zu sehen, nur ein Mund.

Während der Adlige hinsah, teilten sich die Lippen und sagten: »Ich ziehe mein Gebot zurück.«

Raduraks Brauen sanken enttäuscht herab, während er zu Agis schaute. »Habe ich Euch richtig verstanden?«

Mit seinem Schuh fest auf den Mund auf dem Boden tretend, schüttelte der Senator den Kopf. Der Mund versuchte erneut zu sprechen, aber alles, was hervorkam, war ein gedämpftes Murmeln. Als feststand, daß die magischen Lippen des Magiers ihn nicht wieder unterbrechen würden, rief Agis: »Ich sagte fünfundachtzig Goldstücke.«

»Ein mutiger Schachzug«, sagte Radurak und lächelte erleichtert.

Dann wandte er sich wieder dem alten Mann zu. »Könnt Ihr dieses Gebot halten?«

Dieses Mal war der Adlige bereit, es dem Magier in gleicher Münze heimzuzahlen. Er benutzte den Weg, um einen unsichtbaren Tunnel zu erschaffen, der direkt im Mund seines Gegners endete. Als der alte Mann sprach, formte Agis schweigend die Worte, die er von dem anderen hören wollte.

»Soviel habe ich nicht.« Die Stimme war die des alten Mannes, aber die Worte stammten von Agis. Der Adlige war sehr stolz auf die Art, wie die Stimme vor Enttäuschung zu brechen schien.

»Wie schade«, gurrte Radurak mitfühlend. Er machte Agis ein Zeichen, er solle vortreten.

Der alte Mann wollte protestieren, aber erneut legte Agis dem Magier seine eigenen Worte in den Mund. »Vielleicht könntet Ihr mir für den restlichen Betrag Aufschub gewähren…«

Dies bewirkte bei allen unter der Brücke Versammelten brüllendes Gelächter. Der Magier schaute stirnrunzelnd zu Agis hinüber, aber der Adlige ignorierte ihn und trat vor, wobei er seine Geldbörse von seinem Gürtel abnahm. Er bemerkte, daß seine Finger vor Erschöpfung zitterten, als er den Knoten löste. Sein Wettbewerb mit dem Magier hatte viel Energie beansprucht. Das Sklavenmädchen schaute mit einem Ausdruck der Verachtung in seine Richtung. Sie murmelte leise etwas und bedeutete Agis dann, er solle auf seinen Platz zurückkehren. »Ihr werdet niemals Hand an mich legen. Ihr Brut eines hergelaufenen Mekillot!«

Agis' Fuß traf auf ein unsichtbares Hindernis, und er spürte, wie er mit dem Gesicht voran in den Staub fiel. Es gelang ihm kaum, seine schwere, mit Goldstücken gefüllte Geldbörse wegzustecken, bevor sein Körper auf dem harten Boden auftraf.

Mehrere der Umstehenden gaben obszöne Kommentare ab, daß er doch warten solle, bis er nach Hause käme, um darüber nachzudenken, was er mit seinem Preis anfangen könne. Der Adlige nahm den Spott mit Humor entgegen und raffte sich dann auf.

Die Stimme des Magiers erklang: »Ich habe noch einige weitere Münzen gefunden, Radurak. Mein Gebot wird auf neunzig Goldstücke erhöht.« Der alte Mann schaute zu Agis und machte eine Geste, als wolle er ihn wegscheuchen.

Agis stand da und rief: »Fünfundneunzig!«

Das Gebot rief in Radurak offensichtlich Verwirrung hervor.

Der Elf runzelte die Stirn und fragte Agis dann: »*Habt Ihr Ral und Guthay jemals ein Tänzchen wagen sehen?*«

»Wovon redet Ihr?« fragte der Adlige.

Dieses Mal runzelte der Elf ärgerlich die Stirn. »*Ihr solltet auf Euren Händen nach Gulg laufen.*«

Schweren Herzens erkannte Agis, daß der Magier ihn mit einem weiteren Zauber belegt hatte. Was auch immer jemand jetzt zu ihm sagte, in seinen Ohren klang es wie der größte Unsinn. Wie er an Raduraks Gesichtsausdruck ablesen konnte, war das auch umgekehrt der Fall.

Der Elf bedeutete Agis, an seinen Platz zurückzutreten, und bat den Magier nach vorn. Als der Adlige nicht sofort gehorchte, traten zwei große Stammesangehörige vor, um dem Befehl ihres Anführers Nachdruck zu verleihen. Agis sagte sich, daß er nichts erreichen konnte, wenn er sich in seinem momentanen Gemütszustand auf eine Diskussion einließ – außer vielleicht, wenn er einen Kampf anzetteln würde. Er zog sich widerwillig zurück und beobachtete dann, wie der alte Mann nach vorne schlurfte.

Als der Magier in das Fackellicht trat, sah Agis, daß sich die Geldbörse des alten Mannes unter seinem Rock abzeichnete. Ein letzter verzweifelter Gedanke kam ihm. Er ließ seine Hand unter seinen Umhang gleiten, stellte sich vor, daß sie von seinem Arm verschwände und rief den Weg an, damit es geschähe. Ein scharfer Schmerz schnitt durch sein Handgelenk, und dann spürte er unterhalb des Handgelenks nichts mehr.

Der alte Mann blieb vor Radurak stehen und griff unter seinen Rock. Den Stumpf seines Armes unter seinem Umhang verborgen, griff Agis nach dem Gold des Magiers. Er rief erneut den Weg an und stellte sich vor, daß seine Hand unter dem Umhang des alten Mannes verschwände, um die Geldbörse zu greifen. Plötzlich spürte er den schweren Beutel in seiner Hand, gerade so, als sei sie immer noch Teil seines Arms – nur daß viele Meter Taubheit zwischen seinem Unterarm und seinen Fingern lagen.

Der Magier löste die Bänder seiner Geldbörse. Agis zog an dem Lederbeutel und ließ gleichzeitig die paranormale Energie, die seine Hand von seinem Arm abgetrennt hielt, zurückfließen. Das Gefühl unterhalb seines Handgelenks kehrte zurück, und er hielt jetzt einen schweren Beutel Gold mit seiner Faust umklammert. Als dem Magier die Geldbörse aus der Hand gerissen wurde, fuhr der alte Mann herum und deutete mit einem kräftigen Finger auf Agis. »*Ihr werdet feststellen, daß das Wasser von der schwarzen Quelle am besten schmeckt*«, knurrte er.

Agis zuckte bei diesen unsinnigen Worten die Achseln. Die Geldbörse des alten Mannes noch immer unter seinen Umhang umklammernd, hob er Radurak gegenüber eine

Braue. Bevor der Elf reagieren konnte, sagte der Magier etwas zu ihm und deutete mit einem anklagenden Finger auf den Adligen.

Als der alte Mann sich kurz abwandte, nahm Agis die Gelegenheit wahr, nahe an Caro heranzutreten und dem Zwerg die Geldbörse, die er gerade gestohlen hatte, zuzustecken.

Natürlich ergab das, was der alte Mann sagte, für Agis keinen Sinn, aber er zählte darauf, daß die legendäre Habgier der Elfen für ihn sprach. Da kein Gold in den Händen des alten Mannes zu sehen war, hoffte der Adlige, daß Radurak ihn schnell fortschicken würde.

Wie Agis angenommen hatte, zuckte der Anführer der Elfen wegen der Beschwerde des Magiers nur die Achseln und bedeutete Agis dann, er solle vortreten.

Bringt mir die Lungen und Nieren Eurer Lieblingsziege.

Ohne noch ein Wort zu sagen, trat der Adlige neben den Elf. Er zählte fünfundneunzig Goldmünzen ab, während die anderen Adligen den Sklavenhof mit ihren Neuerwerbungen verließen. Als Agis den vollen Betrag bezahlt hatte, befahl Radurak seinen Helfern, das Sklavenmädchen nach vorn zu bringen, und bot Agis ihre Hand mit den Worten an: »*Bringt diese Frau auf den nächstgelegenen Berggipfel. Das Mondlicht wird ihrer Haut guttun.*«

Die Halbelfin warf einen verzweifelten Blick zu dem Magier hinüber. Der alte Mann betrachtete Agis mehrere Momente lang ärgerlich, wandte sich dann an die Sklavin und sagte: »*In den Farofeldern öffnen sich plötzlich große Fenster.* Im Moment wirst du bei ihm sicher sein.«

Agis stieß einen erleichterten Seufzer aus. Der zweite Satz des alten Mannes ergab wieder einen Sinn. Offensichtlich war der Zauber des Magiers nur kurzlebig gewesen, und er konnte jetzt wieder normal hören und sprechen.

Agis trat auf den Alten zu: »Bevor Ihr geht...«

Der Magier unterbrach Agis, indem er die Spitze seines Stockes gegen die Brust des Adligen stieß. »Die Antwort ist nein«, stieß er hervor. Mit diesen Worten wandte sich der alte Mann abrupt ab und verließ den Sklavenhof.

Agis bedeutete Caro, mit der Geldbörse des Magiers vorzutreten, und wollte ihm dann folgen. »Hört mich wenigstens an.«

Doch dabei wurde er von seiner neuen Sklavin aufgehalten. »Mein Name ist Sadira«, sagte sie und trat vor ihn hin.

Agis versuchte, an ihr vorbeizukommen, aber sie trat ihm erneut in den Weg. Mit ihren eisblauen Augen sah sie ihn an und murmelte: »Ich weiß nicht, wie Ihr mich gekauft habt, aber ich versichere Euch, daß Ihr damit gutes Gold verschwendet habt.«

Kalaks Reichtum

Tithian und drei seiner Untergebenen standen in dem untersten Raum der Zikkurat und schauten auf eine eiserne Falltür hinab, die zwischen zwei Schichten Ziegelsteinen verborgen gewesen war. Die niederrangigen Templer hatten sie vor wenigen Stunden entdeckt, als sie nach den Amuletten der Verschleierten Allianz gesucht hatten.

»Geht vor«, sagte Tithian und deutete auf die Tür.

Einer der Gehilfen, der Halbelf Gathalimay, kniete sich auf den Boden und löste den Hebel, der die runde Tür geschlossen hielt. Sie öffnete sich mit lautem Quietschen. Gathalimay nahm eine Fackel und spähte in die Dunkelheit.

»Es ist ein Tunnel!« rief er.

»Wir sollten lieber nachsehen, wohin er führt«, sagte Tithian. Er befahl einem der Templer, oben zurückzubleiben, nahm dann die anderen beiden mit sich und stieg in den Tunnel hinab. Sie fanden einen runden Gang, hoch genug für einen Menschen, der unter der Gladiatorenarena hindurch ostwärts verlief. Er war mit Platten aus schwarzem Obsidian ausgekleidet, die den seltsamen Durchgang übernatürlich finster und dunkel erscheinen ließen. »Wer hat ihn gegraben? Etwa die Verschleierte Allianz?« fragte Stravos, ein drahtiger, weißhaariger Mensch.

»Wir werden es bald genug wissen«, sagte Tithian und bedeutete seinen zwei Gehilfen, sie sollten vorangehen. Nachdem sie den seltsamen Gang einige Zeit entlanggelaufen waren, blieb Gathalimay stehen und schaute aufwärts. Über seinem Kopf stieg ein schmaler Schacht auf, der ebenfalls mit Obsidian ausgekleidet war. Er hielt seine Fackel nahe an die Höhlung, aber sie konnten das obere Ende dennoch nicht erkennen.

»Wo führt er hin?« fragte er.

»Es gibt nur eine Möglichkeit, wo er hinführen kann«, erwiderte Tithian. »Wir sind unter der Kampfebene der Arena. Er muß zu einer Falltür führen, die unter dem Sand verborgen ist.« Der Halbelf sah sich um. »Wir sind doch nicht in der Nähe der Requisitenräume für die Spiele, nicht wahr?«

Tithian schüttelte den Kopf. »Dafür sind wir zu weit gegangen. Die Räume und Schächte, die zur Arena hinaufführen, sind näher am Mittelpunkt der Fläche.«

»Warum sollte die Verschleierte Allianz einen Schacht wie diesen bauen?« fragte Stravos.

»Was glaubst du denn, warum die Allianz ihn gebaut hat?« konterte Tithian und befahl ihm und Gathalimay, den Gang weiterzugehen.

»Wir gehen auf Kalaks Palast zu.«

Nach wenigen Metern endete der Tunnel. In die Decke war eine weitere Falltür eingelassen, in die ein Relief des Drachenkopfes einmodelliert war. Die eingesunkenen Augen des Wesens schienen Tithian anzusehen, und sein mit gezackten Zähnen versehener Rachen war aufgerissen, als wollte er jeden ergreifen, der versuchen würde, die Tür zu öffnen.

Trotz seiner Neugier war Tithian versucht, die Falltür geschlossen zu lassen. Er zweifelte nicht daran, daß sie sich irgendwo unterhalb von Kalaks Goldenem Turm befanden, und das bedeutete, daß der Tunnel nur ein Geheimgang sein konnte, der den Palast und die Zikkurat verband. Er bezweifelte allerdings, daß der König erfreut sein würde, wenn er erfuhr, daß der Gang entdeckt worden war.

Unglücklicherweise hatten Tithian und seine Männer nur eines der zwei Amulette entdeckt, die in der Zikkurat verborgen waren. Er konnte es sich nicht leisten, die Möglichkeit außer acht zu lassen, daß das andere in diesem Tunnel oder auf der anderen Seite der Tür deponiert sein könnte. Außerdem war Tithian neugierig. Als Hochtempler sowohl der Spiele als auch der Werkstätten des Königs schien es ihm verdächtig, daß Kalak diesen Geheimgang nicht erwähnt hatte. Er wollte soviel darüber herausfinden, wie er konnte.

Tithian trat von der Tür zurück und gab dem Halbelfen ein Zeichen.

»Gathalimay, hilf Stravos hinauf, damit er die Tür öffnen kann.«

Stravos' hageres Gesicht wurde blaß.

»Wir werden uns umsehen und einige Entlarvungszauber heraufbeschwören«, sagte Tithian, der wohl eher sich selbst als dem menschlichen Templer Mut zusprechen wollte. »Wenn das letzte Amulett dort nicht verborgen ist, werden wir die Tür schließen und vergessen, daß wir diesen Ort jemals gesehen haben.«

Gathalimay bildete mit seinen plumpen Händen einen Steigbügel. Stravos schluckte schwer und stieg schließlich hinauf. Als der grauhaarige Templer den Riegel löste, schwang die rostige Tür mit lautem Quietschen auf. Gedämpftes, weißes Licht schien in den Tunnel hinab.

Tithian machte dem Mann ein Zeichen, daß er hinaufsteigen sollte, reichte ihm dann die Fackel hinauf und folgte selbst. Während Stravos hinabgriff, um Gathalimay durch die Falltür hindurchzuhelfen, hob Tithian den Blick, um ihre Umgebung zu betrachten. Er sah sich der Mauer eines dunklen Raumes gegenüber. Plötzlich erschien eine Kugel gelblichgrünen Lichts in der Größe einer Melone vor ihm.

Die Kugel schwebte vier Fuß über dem Boden, ein verschwommener, wogender, undeutlicher Ball glühenden Nebels, der annähernd wie ein kahler Kopf mit herabhängendem Kinn aussah.

»Fürst Tithian?« fragte die zittrige Stimme von Agis' betagtem Diener Caro.

Tithian fluchte leise, daß der Spion so einen schlechten Zeitpunkt erwischt hatte. »Ich habe zu tun. Sprich mich später an.«

Die Kugel wechselte ihre Färbung zu einem dunkleren Grün und verschwamm noch stärker. »Dies ist seit drei Tagen meine erste Gelegenheit, mich davonzuschleichen, und es ist vielleicht auch die letzte Gelegenheit für weitere drei Tage. Ihr werdet jetzt zuhören müssen oder es darauf ankommen lassen, ob Ihr erneut von mir hört.«

Tithian seufzte und verfluchte die Verbindung von zwergenhafter Hartnäckigkeit und Agis' Nachsicht, durch die Caro so stur sein konnte. Er hatte den alten Diener für seine Zwecke gebraucht, nachdem er die Sklaven seines alten Freundes konfisziert hatte.

Es war eine einfache Angelegenheit gewesen, die Treue des Zwerges zur Familie der Asticles zu unterminieren, denn der Hochtempler verstand die Macht sowohl der Sklaverei als auch der Freiheit so gut wie nur wenige andere freie Männer. Als er vor die Wahl gestellt worden war, in den Ziegeleien des Königs zu sterben oder seine Freiheit zu erringen, indem er Agis bespitzelte, hatte sich Caro für die Freiheit entschieden.

»Halte den Kristall von deinem Gesicht fort«, befahl Tithian. »Dann werden wir einander sehen können.«

Er hatte Caro einen magischen Kristall, einen grünen Granat, gegeben, den der Zwerg benutzen konnte, um mit ihm in Verbindung zu treten. Er wußte, daß, genauso wie er Caro in dem geisterhaften Licht sehen konnte, der Spion auch sein Gesicht in dem Kristall sehen konnte. Tithians Worte würden für jedermann, außer demjenigen, der den Kristall besaß, nur wie ein schwaches Flüstern klingen.

Als Caro gehorchte, kamen die tiefen Falten auf dem welken Gesicht des Zwerges zum Vorschein. Der alte Sklave blinzelte in den Kristall, seine runzligen Brauen zogen sich zusammen, und sein zahnloser Mund stand offen, so sehr konzentrierte er sich!

»Was ist los?« fragte Tithian.

Der Hochtempler hörte ungeduldig zu, als Caro ihm von dem Treffen von Agis und den anderen vier Adligen und auch von dem Angriff, der zu Jaseelas Verwundung geführt hatte, erzählte. Tithian war nicht überrascht über das, was er hörte, denn er hatte erwartet, daß sein Freund auf die Sklavenkonfiszierung töricht reagieren würde.

Als der Zwerg die Geschichte von Agis' Handel bei der Sklavenauktion erzählte, verwandelte sich Tithians Ungeduld in Interesse. »Wie lautet der Name des Mädchens?« fragte er und vergaß für einen Augenblick, wo er sich gerade befand.

»Ihr Name ist Sadira.«

»Laß sie nicht aus den Augen!« rief Tithian und bedeutete Stravos, er solle aufstehen. »Wo bist du? Ich werde sofort jemanden schicken, der sie nicht aus den Augen läßt.«

»Das wird Euch nichts nützen«, erklärte Caro. »Wenige Minuten nachdem er sie gekauft hat, hat Agis dem Mädchen einen Beutel Gold gegeben und ihr die Freiheit geschenkt. Er sagte ihr, er wolle dem Widerstand helfen und sie solle ihn aufsuchen, wenn jene, die die Schleier tragen, ihn brauchen.«

»Ich habe soviel Glück wie ein blinder Wüstenläufer!« murrte Tithian. »Wie sah der andere Bieter denn aus?«

Mit wachsender Enttäuschung hörte der Hochtempler zu, wie der Zwerg ein Portrait zeichnete, das bis auf den Stock mit dem Obsidianknauf auf die Hälfte aller Handwerker in Tyr passen konnte. Als Caro seine Beschreibung beendet hatte, befragte Tithian ihn kurz über die Auktion und die Elfen, die sie durchgeführt hatten.

»Du wirst bald ein freier Mann sein«, sagte Tithian, als die Unterhaltung ihrem Ende zuging. »Außerdem wird es mit deiner Hilfe sehr viel leichter für mich sein, Agis aus Schwierigkeiten herauszuhalten. Du leistest der Asticlesfamilie große Dienste.«

»Ich weiß, was ich tue«, erwiderte Caro und hielt die schwarzen Höhlen seiner Augen fest auf Tithians Gesicht gerichtet. »Macht keinen Narren aus mir, indem Ihr behauptet, daß es etwas anderes als Verrat sei.«

Tithian zuckte die Achseln. »Denk über deine Dienste, wie immer du willst«, sagte er. »Wenn du Sadira wieder siehst, dann benachrichtige mich sofort. Du wirst deine Freiheit an demselben Tag erlangen, an dem ich sie bekomme.«

»Das werde ich«, erwiderte Caro. Er schloß seine Finger über dem Kristall, und sein welkes Gesicht verschwand.

Tithian seufzte und wandte sich seinen Untergebenen zu. »Vergeßt, was ihr gehört habt.«

Kaum hatte er den Befehl ausgesprochen, als er sich auch schon fragte, ob das überhaupt nötig gewesen war. Sowohl Stravos als auch Gathalimay starrten mit offenen Mündern in den Raum. Tithian machte sich gemeinsam mit ihnen daran, die Umgebung zu inspizieren. Sie hatten einen riesigen Raum im Fuß des Goldenen Turms betreten. Mit Kupferblech belegte Dachsparren hingen hoch über ihnen. In den Vierecken zwischen den Balken befanden sich geschnitzte, schattenhafte Abbildungen von Tieren, die Tithian nichts sagten. In den Ecken der Decke stützten geriffelte Granitpfeiler die verkleideten Dachsparren. Zwischen diesen Pfeilern standen mehrere Reihen hölzerner Regale. Die meisten der Bretter waren leer, bis auf einige wenige Keramikurnen und Metallkästen, die mit Münzen und glitzernden Edelsteinen angefüllt waren. An einigen Stellen füllte der düstere Umriß eines uralten Stahlschwertes oder einer Kampfaxt ein ansonsten leeres Regal. Auf einem Brett lag eine vollständige, staubbedeckte Rüstung.

Eine durchscheinende Alabastertäfelung, durch die ein trübes, weißes Licht schien, sorgte für die schwache Beleuchtung des Raumes. Unter der Alabastertäfelung befand sich eine schwarze, gläserne Pyramide, die größer war als ein ausgewachsener Riese und an der Basis mehr als ein Dutzend Fuß maß. Das gesamte Gebilde war aus einem einzigen Obsidianblock herausgearbeitet, und die Oberfläche war zu eisiger Glätte geschliffen worden. Es kam Tithian vor, als schaute er in das Herz der Dunkelheit selbst, und er wollte dringender denn je etwas über die Bedeutung des Obsidianganges erfahren.

Der obere Teil der Pyramide war abgeflacht und bildete so eine kleine Plattform, die groß genug war, daß mehrere Männer darauf stehen konnten. Am Rande der Plattform befanden sich zwei Dutzend Kugeln ebenfalls aus geschliffenem Obsidian von verschiedener Größe. So seltsam sie waren, so waren es trotzdem nicht die ebenholzfarbenen Kugeln, die die Aufmerksamkeit des Templers erregten. Ein prächtiger, mit Silber überzogener Thron stand vorne auf der Plattform.

Auf den Lehnen des Thrones saßen zwei menschliche Köpfe mit Haarknoten aus langem, grobem Haar, die Gesichter einer winzigen Gestalt zugewandt, die am Rande der Sitzfläche saß. Tithian konnte das Schimmern eines goldenen Diadems ausmachen, das den Kopf des alten Mannes umgab, und sehen, daß tiefeingegrabene Alterslinien sein welkes Gesicht bestimmten. Der Hochtempler hatte keinen Zweifel daran, daß er Kalak betrachtete.

Stravos, der neben Tithian stand, stöhnte auf, als er erkannte, wer sie beobachtete. Der greise Templer ging auf den Ausgang zu, aber die Falltür schwang plötzlich mit unheilvollem Klang zu und schloß sie alle mit Kalak in dem Gewölbe ein. Stravos wandte sich dem König zu und fiel auf die Knie, was Gathalimay schnell nachmachte.

»Mächtiger«, begann Stravos und beugte den Kopf vor Kalak. »Vergebt uns unser Eindringen...«

»Still!« befahl Tithian und schlug dem Templer mit der flachen Hand auf den Kopf. Er hatte keine Vorstellung davon, wie Kalak auf ihre Anwesenheit reagieren würde, aber er wollte den König nicht noch mehr verärgern, indem er zuließ, daß sich seine Untergebenen respektlos verhielten. »Wie kannst du es wagen, ohne Erlaubnis zu sprechen!«

Nach kurzer Zeit des Schweigens drehte Kalak einen der Köpfe so herum, daß er den drei Templern zugewandt war. »Schau, Wyan. Eindringlinge.«

Tithian konnte gerade genug Einzelheiten erkennen, um festzustellen, daß Wyans Kopf von blasser Haut überzogen war und seine Gesichtszüge eingesunken waren. Seine ledrigen Lippen verzog unheimliches Grinsen, das eine Reihe abgebrochener, gelber Zähne enthüllte. Seine grauen Augen waren fest auf das Trio gerichtet, als er sagte: »Dreckige Mörder sind gekommen, um ihren König zu ermorden, glaubst du nicht auch, Sacha?«

Der andere Kopf fragte: »Warum denkst du immer an Mord, Wyan? Vielleicht sind es habgierige Diebe, die gekommen sind, um zu stehlen, was von unserem Reichtum übriggeblieben ist.«

»Mein Reichtum!« stieß Kalak ärgerlich hervor und wischte Sacha von der Lehne des Throns.

Der Kopf rollte die Pyramide hinab und landete vor den Eindringlingen. Er war seltsam aufgedunsen, mit aufgeplusterten Wangen und zu engen, dunklen Schlitzen verquollenen Augen. Er sah mit einem schauerlichen Knurren zu Tithian hoch.

»Unser Reichtum«, beharrte Sacha dem Hochtempler gegenüber. »Kalak hat alles für die Zikkurat ausgegeben. Ein Jahrtausend der Vernunft und der Sparsamkeit, in einem einzigen Jahrhundert verschleudert.«

Tithian betrachtete das Ding mit grausiger Verwunderung. Es war ein Schimmer von Intelligenz in den dunklen Augen zu erkennen, und sein boshafter Gesichtsausdruck schien genauso beseelt wie jeder andere, den Tithian jemals auf dem Gesicht eines Templers gesehen hatte. Die Köpfe waren keine Zombies, die Kalak zu seinem Vergnügen belebt hatte. Sie lebten, zumindest auf gewisse Art.

Kalak ergriff Wyans Kopf am Haarknoten und trat an den Rand der Plattform. Er kroch die glatte Oberfläche der Pyramide so leicht hinab, wie er einen ebenen Boden überqueren konnte. Als der König näher herankam, sah Tithian, daß die Haut von Wyans fehlendem Hals unter der Kinnlinie zusammengenommen und sauber zu einem geraden Saum vernäht worden war.

Als Kalak den Fuß der Pyramide erreicht hatte, ließ er Wyan neben Sacha fallen. Die beiden Köpfe begannen darüber zu streiten, ob die drei Eindringlinge Mörder oder Diebe waren, und Kalak trat auf Gathalimay zu.

»Dieser dachte an Diebstahl«, sagte der uralte Monarch.

»Nein, Mächtiger«, antwortete Gathalimay, der seinen Blick nicht vom Boden zu heben wagte. »Ich habe nur gehorcht...«

»Belüge deinen König nicht!« brüllte Kalak und betrachtete den Halbelfen.

»Es tut mir leid, Großer König«, antwortete Gathalimay mit zitternder Stimme. »Der Gedanke kam mir in den Sinn, aber ich würde niemals…«

»Was du getan hast, spielt keine Rolle«, unterbrach ihn der Hexerkönig.

Kalak trat hinter den knienden Templer, ergriff Gathalimays Kinn mit einer Hand und legte die andere auf den Hinterkopf des Halbelfen. Er riß das Kinn zu einer Seite herum und drückte die Schädelbasis nach vorn, womit er das Genick mit einem einzigen Knacks brach. Der Körper glitt schlaff zu Boden.

Die einzige Empfindung, die Tithian hatte, war Angst um sich selbst. Es schien ihm durchaus möglich, daß der König auch ihn tötete.

Kalak trat als nächstes zu Stravos. »Dieser hat Angst.«

»Töte ihn!« drängte einer der Köpfe.

»Bitte, Mächtiger. Ich habe die Tür nur geöffnet, weil der Hochtempler es mir befohlen hat«, sagte Stravos mit schwankender Stimme. »Ich habe nichts Falsches getan.«

»Hast du keine Angst vor mir?« fragte Kalak.

»G-ganz sicher, Großer König.«

»Das ist falsch«, erwiderte Kalak. »Du gehörst mir. Wenn ich beschließen würde, dich zu töten, solltest du glücklich sein, weil das mein Wille ist. Du solltest keine Angst haben, weil deine unbedeutende Existenz bald zu Ende geht.«

»Ja, mein König. Ich verstehe es jetzt«, sagte Stravos.

»Laß uns sehen, ob du es wirklich verstehst.«

Der König griff hinab zu Stravos' Gürtel, zog den Dolch des Templers heraus und lächelte dann, als er sah, daß die Waffe eine Obsidianklinge hatte. »Füttere den Dolch«, sagte er und reichte Stravos die Waffe.

Der Templer starrte den Dolch entsetzt an, machte aber keine Anstalten zu tun, was der König befohlen hatte.

»Füttere den Dolch«, echoten Sacha und Wyan, deren aufgequollene, graue Augen vor Erwartung funkelten.

Während Tithian die Szene beobachtete, wuchs seine Angst um sein eigenes Leben, aber auch sein Interesse an dem scheinbar wahnsinnigen Vorgehen des Hexerkönigs. Obsidian war so alltäglich, daß es für die Fertigung von Waffen und teurem Schmuck verwendet wurde. Er war überrascht, daß Kalak und seine Köpfe den Stein so behandelten, als habe er magische Eigenschaften.

Schließlich richtete Stravos die Klinge auf sein eigenes Herz, aber dann hielt er in der Bewegung inne. Seine Lippen begannen zu zittern, und Tränen traten ihm in die Augen. »Mein König, erweist einem armen Untertan Gnade.«

»Das dachte ich mir«, spottete Kalak und richtete seine schwarzen Augen auf den Dolch.

Stravos packte das Heft plötzlich fester. Die Muskeln an seinen Armen spannten sich an, während er gegen den Geist des Königs ankämpfte. »Nein, bitte!« Die Klinge glitt näher und näher an seine Brust heran, obwohl der Templer darum kämpfte, sie zurückzuhalten.

Ein schiefes Lächeln erschien auf den Lippen des Königs. Das Heft der Waffe glitt zwischen Stravos' Händen hervor und der Dolch tauchte tief in seinen Leib ein. Der grauhaarige Templer griff nach ihm, fiel dann vornüber und rollte auf die Seite. Er lag stöhnend auf dem Marmorboden, hatte aber nicht mehr die Kraft, sich die Klinge aus dem Leib zu ziehen.

»Du hättest es selbst tun sollen«, kicherte Kalak. »Du hättest die Wahl gehabt, erheblich schneller zu sterben.«

Tithian beobachtete, wie sich ein Blutstrom aus der Wunde ergoß und über den Marmorboden ausbreitete.

Der König schaute jetzt Tithian an. »Ich habe meinen Hochtempler nicht gerufen«, sagte er. »Was tut er hier?«

»Rauben«, sagte Sacha.

»Spionieren«, sagte Wyan.

Obwohl er keine Sprecherlaubnis bekommen hatte, beschloß Tithian, eine Erklärung abzugeben, bevor die beiden Köpfe Kalak überzeugen konnten, ihn zu töten. Der Hochtempler erwiderte den Blick des Königs, wobei er versuchte, seine Angst nicht sichtbar werden zu lassen. »Mächtiger, wir haben nach dem letzten Amulett der Verschleierten Allianz gesucht, als wir den Geheimgang zwischen der Zikkurat und Eurem Palast entdeckten. Wir haben die Tür nur geöffnet, um sicherzugehen...«

Kalak hob eine Augenbraue. »Glaubt er wirklich, daß jene, die die Schleier tragen, ein Amulett in meinem Schatzgewölbe verborgen haben?«

»Ich mußte sichergehen«, antwortete Tithian, bevor die untoten Wesen sprechen konnten.

»Er ist respektlos«, sagte Sacha.

»Tötet ihn auch«, fügte Wyan hinzu.

Kalak schüttelte seinen Kopf.

»Nicht Tithian«, sagte er. »Ich brauche ihn.«

Tithian stieß einen erleichterten Seufzer aus.

»Tithian von Mericles?« fragte Sacha. »Dieser schlangengesichtige Zwerg kann keiner meiner Nachkommen sein!«

Tithians Kinn fiel herab, und er sah den aufgedunsenen Kopf erstaunt an. »Wer bist du?«

Mit einem amüsierten Kichern hob Kalak seine körperlosen Begleiter an den Haarknoten hoch. Er brachte Sacha zu dem Hochtempler hinüber und hielt ihm den Kopf hin. Tithian nahm ihn mit beiden Händen entgegen und war überrascht, als er feststellte, daß der Kopf so warm zu sein schien wie jeder lebende Körper.

»Ich präsentiere Sacha den Abscheulichen, Vorfahr der adligen Mericleslinie«, sagte der König zu Tithian. »Sacha und Wyan waren die beiden Häuptlinge, die mich begleitet haben, als ich Tyr eroberte.«

»Ihr meint: die Häuptlinge, die es für Euch erobert haben«, schrie Sacha.

Kalak ignorierte die Bemerkung und beugte sich über Stravos' stöhnende Gestalt. Er zog den Dolch aus der Wunde des Templers. Der Mann schrie auf, als das Blut aus seinem zerfetzten Leib zu rinnen begann.

Tithian betrachtete den Kopf in seinen Händen. Er verspürte nichts als Ekel gegenüber seinem uralten Vorfahren und konnte nicht akzeptieren, daß das Blut dieses Dinges in seinen Venen rann.

Kalak trat an Stravos' Seite und setzte Wyan vor der Wunde des Templers ab. Der blasse Kopf streckte seine aschfarbene Zunge heraus und begann das Blut aufzulecken.

Kalak reichte Tithian den Dolch und bedeutete ihm, zu Gathalimays schlaffer Gestalt zu treten. »Füttere deinen Vorfahren«, sagte er. »Danach werden wir über einige Dinge sprechen, die Ihr für mich erledigen sollt.«

Tithian steckte sich Sacha unter einen Arm und ging zum Körper des Halbelf. »Wo soll ich ihn aufschneiden?« fragte er den Kopf.

»An der Kehle«, sagte Sacha eifrig. »Stütze seine Füße ab. Dann fließt das Blut besser.«

Tithian setzte den aufgedunsenen Kopf neben der Kehle des Templers ab und tat, wie ihn sein Vorfahr geheißen hatte. Den Dolch ließ er auf Gathalimays Brust liegen.

Kalak ergriff Tithian am Arm und führte ihn zur Basis der Pyramide, wobei er den Ellenbogen des Hochtemplers schmerzhaft drückte. »Ihr habt den Schacht gesehen, der von meiner Arena in meinen Tunnel führt?«

Tithian nickte. »Ja, mein König.« Sein Arm begann unter Kalaks Griff zu pochen.

»Gut. Während der Spiele, die die Fertigstellung der Zikkurat feiern sollen, müßt Ihr diese Obsidianpyramide über den Schacht, durch den Ihr gekommen seid, bringen, aber erst, wenn der letzte Wettbewerb des Tages beginnt. Laßt es wie einen Teil des Spiels aussehen.«

Tithian betrachtete das riesige Gebilde im Hinblick darauf, es bewegen zu müssen. Die Pyrmide zu teleportieren würde mehr Magie erfordern, als der König ihm zugestanden hatte, aber er glaubte, daß er sie gerade lange genug einschrumpfen lassen konnte, um sie zu bewegen. »Was ist mit dem Thron und den Kugeln?« fragte er. »Soll ich sie auch in die Arena bringen, Mächtiger?«

»Nein!« zischte Kalak. Seine langen Fingernägel drangen durch die Oberfläche von Tithians Haut und brachten sie zum Bluten. »Berührt nichts anderes. Die Kugeln und der Thron bleiben hier bei mir!«

»Wie Ihr befehlt«, erwiderte Tithian glatt. »Vergebt mir die Frage. Gibt es noch etwas?«

Kalak nickte. »Wenn das letzte Spiel beginnt, möchte ich, daß Ihr alle Tore meines Stadions verschließt.«

»Bis wann?«

»Macht Euch keine Gedanken darum«, sagte der König. »Ihr werdet besondere Vorbereitungen treffen müssen, damit sie nicht niedergebrannt werden können.«

»Wie lange werden wir die Tore geschlossen halten?« fragte Tithian. »Es wäre nicht leicht, Nahrung und Wasser für vierzigtausend Leute herbeizubringen.«

»Ihr werdet sie nicht ernähren müssen«, sagte Kalak. »Haltet sie nur im Inneren.«

Tithian runzelte die Stirn. Der ungewöhnliche Befehl verwirrte ihn. »Vielleicht wäre es hilfreich, wenn Ihr mir sagen könntet...«

»Ihr braucht nicht mehr zu wissen, Hochtempler«, bellte

Kalak. Er sah Tithian unter seinen buschigen Brauen hervor an. »Ihr müßt nur wissen, daß ich die Tore geschlossen und die Zuschauer im Innern gehalten wissen möchte.«

»Ja, Mächtiger«, erwiderte Tithian und schaute zu Boden. Kalak hatte mit den Spielen eindeutig mehr geplant, als nur die Fertigstellung der Zikkurat zu feiern. Er vermutete, daß das, was auch immer er vorhatte, nicht erfreulich sein würde.

»Wir werden Sicherheitskräfte brauchen, die die Leute auf ihren Plätzen halten, wenn meine Spiele beendet sind«, fuhr Kalak fort. »Ich habe Larkyn dafür eingesetzt. Ihr müßt Euch deswegen, wie die Tore verschlossen werden, mit ihm abstimmen, aber stellt nichts sonst in Frage, was er erledigt haben will. Ist das klar?«

»Wie Ihr wünscht«, erwiderte Tithian. Er war nicht glücklich darüber, erfahren zu müssen, daß diese besondere Aufgabe jemandem außerhalb seiner Einflußsphäre aufgetragen worden war. Der Hochtempler fragte sich, wie viele andere ähnliche, bedauernswerte Anweisungen der König gegeben haben mochte.

Kalak schlug mit dem Handgelenk gegen die Falltür, und sie öffnete sich wieder. »Nach dem zu urteilen, was ich der Unterhaltung mit Eurem Spion entnommen habe, scheint es, als hättet Ihr Schwierigkeiten, den Plan aufzudecken, der von den schwächlichen Magiern der Verschleierten Allianz ausgeheckt worden ist.«

Tithian atmete tief ein und sagte dann: »Sie werden die Spiele nicht stören. Ihr habt mein Wort, Mächtiger.«

»Ich will Euer Versprechen nicht«, erwiderte Kalak scharf. »Ich will sie alle tot sehen.«

»Ja, mein König«, sagte Tithian so ruhig wie möglich. Sein Herz hämmerte so hart, daß es die Worte in seinen eigenen Ohren verstummen ließ.

Kalak betrachtete seinen Diener einen Moment lang. »Diese Magier sind so vorsichtig wie Schakale«, sagte er. »Vielleicht ist es an der Zeit, einen Köder anzubieten, um sie ins Freie zu locken.«

»Ins Freie, Mächtiger?«

Der König nicke. »Benutzt diesen einfältigen Senator Agis von Asticles. Ihr seid sein Freund, nicht wahr?« sagte Kalak. »Denkt Euch etwas aus, was die Allianz haben will und bietet es durch ihn an.«

»Er hat keine Verbindungen zur Verschleierten Allianz!« protestierte Tithian.

»Belügt mich nicht, Tithian. Agis hat mehr Verbindungen zu jenen, die den Schleier tragen, als jeder andere in Eurer Reichweite. Außerdem hat der gute Senator an einer offenen Revolte gegen meine Diener teilgenommen«, erwiderte Kalak und verengte seine Augen zu dunklen Schlitzen. »Benutzt ihn oder tötet ihn!«

Tithian neigte den Kopf. »Ja, mein König.«

Kalak betrachtete Tithian mehrere Augenblicke lang und nickte dann.

»Gut. Also, wer weiß noch von meinem Tunnel?«

»Nur der Wächter, den ich am anderen Ende gelassen habe«, erwiderte der Hochtempler.

Kalak lächelte. »Laßt ihn die Ziegelsteine wieder über meine Tür legen, wenn Ihr zu der Zikkurat zurückkehrt.«

»Wie Ihr wünscht«, sagte der Hochtempler. »Und nachdem er das getan hat, werde ich ihn persönlich töten.«

»Ja, Tithian«, sagte Kalak und schaute mit grausigem Lächeln zu seiner Obsidianpyramide zurück. »Mein Tunnel muß ein Geheimnis bleiben.«

Abenteuerspiele

Joe Dever/Jan Page
Der Hexenkönig
23960

Joe Dever/Jan Page
Flucht aus dem Dunkel
23950

Steve Jackson/Ian Livingstone
Der Hexenmeister vom
flammenden Berg 24200

Joe Dever/Gary Chalk
Das Schloß des Todes
23956

GOLDMANN